T0116476

LOS QUÉ QUIEREN VIVIR MÁS

BIENVENIDO PONCE

BALBOA.PRESS

A DIVISION OF HAY HOUSE

Puede hacer pedidos de libros de Balboa Press en
librerías o poniéndose en contacto con:

Balboa Press
A Division of Hay House
1663 Liberty Drive
Bloomington, IN 47403
www.balboapress.com
844-682-1282

Información sobre impresión disponible en la última página.

ISBN: 979-8-7652-3552-2 (tapa blanda)
ISBN: 979-8-7652-3553-9 (libro electrónico)

Numero de la Libreria del Congreso: 2022919032

Fecha de revisión de Balboa Press: 11/30/2022

CONTENIDO

LUCIA

Estando yo de visita en la Ciudad de Barranquilla, en época de Carnaval. Me hospede en un Hotel ubicado a dos cuadras de distancia de la avenida 72. El ruido de la ciudad, y la alegría del Costeño por su fiesta hicieron que no pudiera dormir más y que me levantara temprano en la mañana del jueves a conocer la ciudad. Muy feliz, y caminando hacia la Ave. 72 un Taxi se detuvo a mi lado y muy cortes me pregunto en un acento muy Costeño. > > Gringo lo llevo, o va seguir caminando. Mire usted yo quiero conocer la ciudad, pero quiero saber cuánto me va a cobrar. No tenga miedo hombre y súbase que por treinta mil pesos lo llevo donde usted quiera. ¿Y cuánto Dólares son? Yo no sé, pero deme treinta Dólares, y después nos arreglamos. Venga siéntese aquí en frente y de esa forma podemos conversar mejor. Yo me senté como pude porque el carro parecía un Zapatico de niño. De pronto una mujer mete la cabeza por la ventanilla donde yo estoy sentado y le grita al Taxista. >> Raúl llévame hasta Olaya. De ninguna manera, coge el Libre que viene atrás de mi mira que el americano está pagando en Dólares. Para evitar perder su cabeza la señora rápidamente la saco del taxi, que ya estaba en movimiento y yo pude oír un grito. > > Desgraciado Raúl, esta me la vas a pagar. Esa señora quedo muy enojada. Usted no se preocupe que ella es mi prima, y siempre me dice que no tiene plata para pagarme. Mire usted ahora vamos para barrio abajo, le juro que va a conocer todo Barranquilla. El

1

taxista Raúl me cumplió al pie de la letra, y conocí casi todos los barrios de la ciudad. >> Mire usted Raúl, ya van hacer la una del día y ya es hora de almuerzo. Como usted mande, yo lo voy a llevar a un Estadero donde cocinan un pescado que usted le va a gustar. Señor Raúl en esta calle casi todas las casas tienen el mismo parecido de construcción. Sí señor, esta es la calle 51- y el barrio Lucero es uno de los barrios más viejo que tiene Barranquilla. De pronto me causo admiración una pared alargada y toda pintada de color blanco, y le pregunte a Raúl que había atrás de esa pared tan larga. >> Mire Gringo ese es el cementerio de mí pueblo, y es uno de los cementerios más viejo de la ciudad. En este cementerio antes enterraban a los ricos, ahora es el cementerio de los pobres. En estos tiempos hay veces que hasta en la muerte se discrimina, pero mire ya estamos aquí en el Estadero. Yo mire hacia el lugar donde el me indicaba, un pequeño restaurante con un letrero que apenas se podía leer Estadero el último Suspiro, colindante con la Avenida Manga De Oro. Casi frente del Cementerio. > > ¿Señor Raúl a lo mejor yo puedo entrar al cementerio y tomar algunas fotos? Si hombre usted si puede, pero yo en ese cementerio ni muerto entro. Los vecinos dicen que por las noches se oyen Cumbia de Carnaval, que viene del cementerio, también los envejecido del barrio Lucero cuentan historia de haber visto los muertos salir por las noches del cementerio. Pero primero vamos almorzar. Nos sentamos en una mesa que una vez fue blanca, y la mesera se nos acercó y con un paño sacudió la mesa y nos preguntó que deseábamos almorzar.

Yo pedí un Pargo asado, y una papa asada con salsa de ajo, Raúl ordeno una Liza, y arroz con coco. almorzamos lo más sabroso, y económico entonces Raúl le pregunta a la mesera si tenía algún lugar donde él pudiera dormir la siesta, y ella le contesto. > > Camine hacia la cocina, en la parte de atrás hay una habitación con un colchón tirado en el piso. Yo le aviso cuando el americano quiera irse. Sin más rodeo Raúl se fue a dormir la siesta y yo me quede sentado mirando hacia el cementerio cuando un viejito se sentó a mi lado y me dice. > > Oye Gringo me brindas una Cervecita, mira que hace mucho calor. Pídela que yo la pago. Eso vale, ya veo que eres de buena onda. ¡Sofía dame una Cerveza que el gringo la paga! Toma la Cerveza, viejo escandaloso. Y no molestes tanto. Oiga amigo me di cuenta que usted mira mucho hacia el cementerio. Es que los cementerios que son Viejos siempre tienen una historia que la gente habla, y dicen sin tener pruebas para confirmar lo dicho. Pues mire usted lo que yo le voy a decir. Yo fui enterrador del cementerio, casi toda mi vida. Hoy tengo ochenta y dos años de edad, y cuadro yo no sé porque mis paisanos no me creen cuando les digo todas las cosas que yo vi con mis propios ojos, y todo lo que yo viví mientras fui enterrador. ¿Y qué paso con su trabajo? Pues me pensionaron, porque últimamente sentía que me faltaba el aire cuando había que enterrar algún muerto. Pero yo digo que el nuevo administrador lo que quería era traer una pala mecánica para el cementerio. Y así hacían el trabajo más rápido. Como dicen por ahí, el muerto y el viejo, a los tres días apestan. Eso es lo que usted protesta porque su edad lo traiciono, y con su salud en decadencia no puede reclamar nada. Mire cuadro no me tire usted tan fuerte o es que no quiere que le cuente lo que me sucedió en el cementerio cuando yo era enterrador. Sí, pero déjame coger mi libro de notas. Pero págueme otra cervecita. ¿Es que usted se piensa tomar una caja completa? No solamente dos o tres para limpiarme la garganta mientras le digo todo lo acontecido en ese cementerio. Mi historia es una de muchas que nosotros los enterradores acostumbramos a narrar cuando nos damos dos palos de Aguardiente de caña. Yo soy enterrador profesional, y toda mi vida esa ha sido mi profesión en el Cementerio de mí pueblo, ubicado en el barrio Lucero de mi querida Barranquilla. Le advierto a usted gringo, que este cementerio fue y sigue siendo un cementerio de alta clase, porque cuadro hasta en la muerte se discrimina el cuerpo humano. Y la muerte nos pone la vestidura final sin ningún agravante, pero vamos a la historia porque me estoy volviendo un Filósofo. Me parece que esa es la palabra correcta. Hace muchos años en un día de trabajo yo salí del cementerio y cruzo la calle 51, y me llego aquí al Estadero El último Suspiro. Yo le juro que nada más me tome tres tragos de Aguardiente, y me tome una cervecita para refrescar mí estomagó. Tan pronto termine regrese al cementerio, pero quiero advertirte que yo no creo en lo que dicen que los muertos salen de noche, porque yo les echado tierra con cajón (ataúd) y sin cajón,

Y le aseguro que están en el mismo lugar donde los enterré, y ninguno de los muerticos se ha movido para protestar. Así que ese día, y esa noche quedo gravado para siempre en la masa gris de mi entendimiento. Al entrar en el cementerio busque la sombra de un viejo Panteón todo abandonado por los familiares, y diría que casi eran cerca de las dos de la tarde. Me senté en una de las Lapidas cuando oigo la voz de una pela (muchacha) que le gritaba a un señor en esta forma. ¿Oiga señor, que es lo que le pasa a usted que hace rato está mirando para todos lados? El hombre le da el frente a la joven pela y le contesta. Mire señorita yo creo que a mí unos malandros (gente mala) me asaltaron, y me robaron todo, y parece que perdí el conocimiento y esos sinvergüenzas me dejaron abandonado en este viejo cementerio. La joven se le quedo mirando sin ninguna preocupación mientras que el señor volvía la mirada como buscando la salida del cementerio. ¿Oiga señor donde usted vive, y de dónde viene? Yo soy del barrio los Nogales, y de dónde vengo, pues yo fui al barrio Cevillar a visitar unos amigos, y llegando a la avenida la Cordialidad. ¡Miré señorita ya le dije que me asaltaron y lo más probable que me dejaron por muerto aquí en este viejo cementerio! Señorita me permite usted una pregunta. Diga usted. ¿Dígame una cosa, si usted una pela tan joven y bonita, que hace usted aquí? Mire usted señor eso es asunto mío lo que hago aquí, así que usted debe de ocuparse de sus problemas que yo me ocupo de los míos. La joven pela camino entre las tumbas y desapareció de la vista del señor que se quedó hablando solo. La verdad que la juventud de esta época no hay quien la entienda, pero tengo que buscar la salida de este cementerio y avisar a la policía. Porque lo más probable que Marta se haya sollado (enloquecido) buscándome. El señor brincando para no pisar las tumbas llego hasta el camino principal bien cerquita donde yo me encontraba sentado camino que da a la salida principal del cementerio. Cuando de repente volvió a oír la suave voz de la joven pela que le decía. Mire usted señor no puede salir de aquí. ¿Dígame señorita por qué yo no puedo salir y estoy seguro que usted si puede salir de aquí? Mire señor usted no se ha dado cuenta, es qué usted no entiende que hay que obedecer la ley. ¡Un momento señorita! Yo soy un ciudadano respetable, y respeto la constitución y las leyes de mi país. Así que usted acláreme desde cuando la ley nos dice que lo vivos no podemos salir de un cementerio. Pero es que eso es lo que yo quiero explicarle. Usted señorita cállese. A mí me parece que usted está loca. Ustedes los jóvenes hacen cosas fuera de lo normal, y no saben para donde van. ¡Usted señor ésta equivocado! Ustedes los viejos son unos tiranos con la juventud, y nunca han querido comprendernos. Y esa es una de las muchas razones por lo cual yo me encuentro aquí en este cementerio. Viejos como usted se creen que el mundo solo les pertenece a ustedes y no quieren compartirlo con nosotros los jóvenes. Y pensar que qué ustedes los viejos son los culpables…

Que crearon esta explosión demográfica en el mundo, y el resultado que ahora nos tienen celos, y envidia. ¡Un momento señorita, pare sus caballos por favor que a mí no me gusta que me den discursos! ¿Es que acaso usted trabaja para algún político? Quiero que usted entienda que cuando yo nací el mundo ya estaba hecho y no es mi culpa, y me parece que seguirá así hasta el día en que yo muera. Mire señor déjese de hablar tonterías porque usted ya murió. Señorita ahora sí creo que usted esté loca. Le repito señor que usted en algún momento se murió y lo enterraron en este cementerio. ¿Dígame señorita cómo es posible que yo éste muerto, y a la misma vez estoy hablando con usted? además yo mismo me siento que estoy vivo. El día que yo muera mi Esposa, quiero decir Marta no sería capaz de enterrarme en un cementerio tan pobre, no se le olvide que yo vivo en los Nogales. Que es uno de los mejores barrios de Barranquilla. Mire señor, lo que concierne a mí no me importa de qué barrio usted procede, como si viene Del Prado. Punto usted se murió y su esposa lo enterró aquí en este cementerio del pueblo. Mire usted señorita. Ni yo estoy muerto, y jamás mi esposa se atrevería enterrarme en un cementerio tan Maluco (feo). Ya le dije señor, y se lo vuelvo a repetir que usted ésta equivocado. Yo también vengo de la alta sociedad, sin embargó mis padres me enterraron aquí en este cementerio qué de maluco no tiene nada, miré usted todas esas tumbas, hecha de fino Mármol. El señor empezó a retroceder poco a poco mientras la señorita se le acercaba más y más. ¿Dígame señor cuál es su nombre? Mire señorita es mejor que yo me retire ya, porque esta conversación se está alargando demasiado. ¿Además para que usted quiere saber mi nombre? Si usted me dice su nombre yo puedo ayudarlo a encontrar su tumba. ¡¡Mi tumba, usted dijo mi tumba!! Si su tumba, y ya usted me está colmando de impaciencia. ¿Diga porque usted no quiere reconocer que ésta muerto igual que yo? Mire de ese lado está el Portón del cementerio trate de salir para que usted vea lo que le pasa por no obedecer la ley. La joven pela se le acercó un poco más al señor poniéndolo nervioso. Hazme el favor y no se acerque más a mí porque yo puedo salir solo sin su ayuda. El señor empezó a caminar hacia la salida y según se acercaba sentía más calor, y su cuerpo espiritual se iba desapareciendo en convulsiones explosivas mientras más se acercaba a la salida. Y no pudiendo aguantar más el calor empezó a retroceder hacia donde se encontraba la pela, y rápidamente le pregunto casi gritándole en la cara. ¿Qué es lo que me pasa? Cuantas veces quiere que se lo repita. Usted se murió. Y su esposa lo enterró aquí en este cementerio, más claro no puede ser. Esto es increíble, no puedo creerlo. ¿Y cuando yo me morí? Probablemente usted se murió cuando lo asaltaron en la avenida la Cordialidad. Los Malandros lo mataron, y su esposa lo enterró aquí. No puedo creer que Marta. No ella nunca sería capaz de enterrarme aquí. Si de verdad yo estoy muerto mi esposa buscaría un cementerio de alta categoría. ¿Por qué usted cree que su esposa no lo enterraría aquí? En este cementerio todo es más barato, se ahorraría un montón de plata en las pompas fúnebres, y en el entierro también. ¡Cállate! Yo tengo mucha plata para que me entierren en un lugar mejor que este. Marta nunca me enterraría en un lugar tan maluco. Dígame su nombre, y por favor no discuta más. Mi nombre es GABRIEL PALACIO, pero todos me llaman Don Gaby. Muy bien Don Gaby venga usted que yo le voy a mostrar cuál es su tumba. ¿Y porque usted se atreve llamarme Don Gaby, cuando yo todavía no se su nombre? Mire Don Gaby, mi nombre es LUCIA DEL LUCERO, hace dos años que estoy muerta, y usted hace solamente cinco días que lo enterraron aquí, y esta es su tumba. Los dos muertos se acercaron a una tumba maluca porque nadie la atendía, solamente tenía una simple cruz de madera con una plaquita de metal en la que se puede leer un escrito. (GABRIEL PALACIO. NACIO FEBRERO 28 1950. MURIO DICIEMBRE 19 1999). ¿Y ahora me cree o todavía lo duda? No sé qué decirle señorita Lucia, pero estoy anonadado y no sé si sentarme o salir corriendo. ¿Dígame no podemos salir del cementerio, o es que estamos prisionero? Naturalmente que podemos salir, pero tenemos que esperar que sean las nueve de la noche. Aquí nosotros tenemos que respetar la ley del Espíritu superior, y seguir las reglas impuesta en cada cementerio. ¿Dígame señorita Lucia, porque estamos aquí? Yo creí que cuando uno se muere va hacia la Gloria de Dios. Por favor Don Gaby es que usted y yo, y otros más que hay en el cementerio no pudimos elevarnos a la gloria de DIOS porque pecamos muy fuerte. Señorita Lucia yo estoy seguro que yo no he cometido tal pecado para merecer este infierno. Y yo le digo que usted esta tan pendiente de salir del cementerio que usted ahora no puede asimilar que clase de pecado tiene en su conciencia. Y le advierto Don Gaby, para salir del cementerio usted tiene que buscar la salida espiritual no material porque esa salida que usted constantemente mira solamente lo lleva a la calle, la otra salida la espiritual da a la gloria de Dios. Yo lo único que quiero es irme para mi casa, y esta noche lo voy hacer. ¡No lo haga don Gaby! Porque usted puede descubrir en la que fue su casa cosas que usted no sabía cuándo su cuerpo material tenía vida, y usted puede sufrir mucho cuando descubra toda la verdad. ¿Señorita Lucia es que acaso usted conoce a mi familia? No. No conozco bien a su familia, pero. Nada de peros, porque Lucia usted no sabe de qué me está hablando. Ahora hablemos de usted señorita Lucia. ¿Dónde ésta ubicada su tumba, y de que murió, y que clase de pecado usted tiene en su conciencia para merecer estar aquí en este cementerio? La pela se mantuvo en silencio por un segundo, y cambio de posición dándole la espalda a don Gaby, y un frio helado paso por mi cuerpo al darme cuenta que lo que yo estaba mirando era una imagen de la pela, no un cuerpo. > > Mire usted don Gaby. Yo siempre fui una pela consentida por mis padres. Y como dice el dicho uno nunca sabe lo que tiene hasta que lo pierdes.

Yo poco a poco fui perdiendo el cariño de mis padres tan pronto ellos se dieron cuenta que a mí me interesaba más el mismo sexo que el opuesto. Usted lo que quiere decir que le gustaba las mujeres, no los hombres. Así es don Gaby, y yo espero que usted no se sienta ofendido. La verdad que me tiene sin cuidado. ¿Dígame que hicieron sus padres? Nosotros somos de CARTAGENA DE INDIA, y mis padres enseguida me compraron un tiquete, y me internaron en un colegio de Monjas, en BOGOTÁ. Los muy desgraciados me hacían una llamada telefónica una vez al mes, y siempre me prometían el próximo año vamos a visitarte, y nunca lo hicieron. ¿Y usted Lucia que hiso? Yo me enamore de una pela en el colegio, y una noche una de las Monjas nos encontró juntas en la misma cama. Enseguida se lo dijo a la madre directora, y eso fue un escandaló que nos expulsaron del colegio y nos acusaron de pecadoras. Rápidamente los padres de mi amiga vinieron a buscarla, sin embargó mis padres me dijeron que no querían saber nada de mí. Desde ese momento mi vida cambio totalmente los pocos amigos que eran cuando me vieron ambulando por las calles de Bogotá me rechazaron. Entonces me conseguí un trabajo y me atreví amenazar a mis padres qué si no me pagaban la renta de un Apartamento, me presentaría con sus amigos en Cartagena, y les diría toda la verdad. Mis padres por miedo que yo regresara me pagaban mensualmente la renta, pero el sufrimiento, y la soledad me hicieron caer en el vicio humano. Algunas veces recibía la plata y me la gastaba en drogas, o licor. Me echaron del Apartamento, y también del trabajo. Otra vez en la calle una amiga del mismo vicio me trajo a vivir a Barranquilla. ¿Lucia todavía usted no me ha dicho de que murió? Yo morí de una sobre dosis de Cocaína. Lucia entonces usted se suicidó, usted misma se quitó la vida. No don Gaby, le juro que todo fue un accidente. Todo sucedió tan rápido que cuando desperté yo ya estaba en el cementerio. En este cementerio el primer día me paso lo mismo que a usted, me puse a gritar y nadie me hacía caso, lloraba y no me salían las lágrimas, quise salir del cementerio y la luz del día me quemaba, hasta que se me acerco un señor vestido de color blanco y me dijo que él es el Ángel de los fallecidos. Me trajo hasta mi tumba y me explico todo. Así comprendí que yo estaba muerta, y que me quedaría en este cementerio hasta que llegara mi juicio espiritual. Don Gaby mi tumba está al lado derecho de su tumba. Cuando yo morí solamente tenía veintiuno año de edad. Pero mire don Gaby ya los demás están caminando hacia la salida del cementerio. ¿Y toda esta gente están muertos? Naturalmente don Gaby, nosotros no somos los únicos pecadores del mundo, pero en este cementerio de bóvedas lujosas hay mucha gente enterrada que sus cuerpos están descansando en paz, y sus espíritus están en la gloria de Dios. Mire muy pronto van a ser las nueve de la noche así que caminemos hacia la salida. Un momento señorita Lucia, yo quiero pedirle perdón. Sinceramente no me he portado como un caballero, y no quiero que piense que soy un tirano.

Yo también tengo una hija que tiene veintitrés años de edad y en este momento que la miro a usted, y todo lo que hemos conversado, tristemente me doy cuenta que mi hija es una malcriada engreída, y que no aprecia lo que tiene. Lo más seguro que yo soy el culpable de su desgracia por consentirla y por no haberle enseñado lo que es pasar trabajo para conseguir las cosas que uno quiere en la vida. Yo estoy seguro que ese es mi mayor pecado. Don Gaby eso es bueno que usted haya reconocido sus faltas porque eso le ayuda a tener tranquilidad espiritual, pero si le aseguro que usted está equivocado por que su hija no es su mayor pecado. Señorita Lucia usted es un paquete de sorpresas. ¿Por qué usted me dice eso? Don Gaby yo fui nombrada como su mentor espiritual. ¡¡Señorita Lucia, por favor quien fue el loco que le dio tal cargo!! El espíritu superior me escogió, y la ley hay que respetarla. Que ley ni que ley, es que acaso ese espíritu superior no ve la diferencia de edad entre usted y yo. De este lado don Gaby no existe la edad, ni el tiempo, porque aquí vivimos para siempre en eternidad. O somos felices en la gloria de Dios, o escogemos vivir en amarguras purgando nuestros pecados sin ninguna necesidad pudiendo tener un arrepentimiento puro de conciencia. Todo depende lo que usted escoja entre el bien, y el mal. ¿Señorita Lucia ya usted fue a mi casa? Si don Gaby. Todo mentor espiritual lo primero que hace es saber el pasado del Alma que tiene que ayudar ya que mientras estemos en la tierra todos somos pecadores, y usted no es ninguna excepción. ¿Cómo es posible que usted trate de arreglar mis pecados cuando usted no ha podido arreglar los suyos? Ya yo arreglé los míos. He pedido perdón sin mentir, y he dicho la verdad sin ocultar nada. Sin embargó usted don Gaby no me ha dicho toda la verdad, y trata de tapar el Sol con un dedo. Señorita Lucia le vuelvo a repetir yo tengo intenciones de irme para mi casa, y averiguar porque yo estoy muerto. ¡Y porque carajo me enterraron en un cementerio tan maluco como este, teniendo yo tanta plata! Yo no puedo evitar que usted vaya al lugar que fue su hogar, pero le advierto usted va a sufrir mucho cuando descubra la verdad desnuda de su muerte. ¿Y usted señorita Lucia para dónde va? Me voy a llegar a ese Estadero, quiero saludar a una amiga recién conocida. Señorita Lucia quiero pedirle un favor. Usted diga que es lo que desea, que yo estoy aquí para asistirle en todo lo necesario. Quiero que me acompañe hasta mi casa, porque me da miedo ir solo. Y yo le prometo que. Un momento don Gaby, no me prometa nada porque mi estatuto como mentor espiritual no me es permitido aceptar ninguna promesa. Solamente puedo aceptar un arrepentimiento del Alma, y una verdad de conciencia. Vamos don Gaby, y mantenga su espíritu tranquilo que tenemos que regresar al cementerio antes que llegue la luz del día, de lo contrario tendríamos que pasarnos el día encerrados en un Armario de la casa. Ya en la calle 51 don Gaby le dice a Lucia. >> Es mejor que tomemos un taxi para ir a mi casa.

No don Gaby. Ya nosotros no tenemos la necesidad de ese tipo de transporte. Ven deme su mano y piensa en qué lugar de la ciudad ésta la que fue tú casa, y desea con toda tu Alma en llegar a ella lo más pronto posible. Don Gaby no protesto, y apretó las manos de lucia, y cerró los ojos. Al abrir sus ojos se dio cuenta que se encontraba en la sala de la que fue su casa. > > Increíble nunca hubiera pasado por mi imaginación que se pudiera hacer esto. Mucho cuidado Lucia, que viene la sirvienta de la casa. Don Gaby no tenga ningún pendiente que nadie nos puede ver, oír o tocar, sin embargó nosotros si podemos hacerlo. Venga usted don Gaby y acerquémonos a la habitación de su hija querida a lo mejor resulta y podemos oír una o dos conversaciones que puedan interesarte. Don Gaby es que usted no puede quedarse tranquilo. No me grite Lucia, que esta es mi casa. No se olvide don Gaby lo que es aquí en la tierra ya no hay nada que le pueda pertenecer, y estamos aquí solamente para que usted sepa la verdad y no se confunda con la mentira con la cual ha estado viviendo por largo tiempo. ¿Quiere usted decir que ya sabe todo lo que me paso? Si. Pero yo no puedo decirlo, usted tiene que descubrirlo por sí mismo hasta que usted encuentre su pecado mayor. Así que ahora cayese la boca que ya vienen tú querida esposa, y tu Francisca adorada. Lucia por favor no se burle de mi familia. Y usted por favor cayese que no deja oír lo que ellas están hablando. Te repito Marta que mi papá me dejo toda la plata, y a ti solamente te dejo esta casa, y la finca en Santa Verónica. ¡Eso es mentira Francisca! El muy desgraciado de Gaby no puede haberme dejado sin plata. Pero Marta ya tú oíste lo que dijo mi Abogado que eso está escrito en el Testamento que hiso el viejo. Don Gaby pare de protestar, que usted ahora no puede hacer nada, póngale atención lo que ellas siguen hablando. Francisca no se te olvide que mañana le toca a mi Abogado leer ese estúpido papel, y te advierto que yo tengo más plata que tú para sobornar al juez. Y tú maldita Marta, no se te olvide que los sicarios que le dieron la paliza al viejo trabajan para mí. ¡Pela estúpida! A tus sicarios se le fue la mano. Muy bien que estábamos los tres juntos, pero tu Francisca tenías que echarlo a perder todo con tus malditos celos. Yo digo que la culpa fue de él por acostarse conmigo. Francisca eso es mentiras tuyas tu siempre lo sonsacaste desde que él te trajo a esta casa. Y yo te digo que tú tienes mucha culpa que él me haya traído a su casa, y no se te olvide querida Marta que usted se lo quito a su propia hermana, y se casó con el pobre viejo por la plata. No hables así porque yo lo quise mucho. Por favor Marta no sufras tanto, mira que me parece que ese amor que dices tenerle se convirtió en plata. Francisca tú si fuiste mala con él, yo siempre se lo dije que tú eres una perdida y que te gustaba aprovecharte de él, pero el muy idiota nunca me hiso caso. Marta por favor, Gaby no podía hacerte caso porque estaba muy ocupado conmigo. O es que no te has dado cuenta la diferencia de edad y cuerpo. ¡Tú a mí no me llegas ni a la mitad de lo que yo soy!

¡Estúpida! Si Francisca tu eres una estúpida, y mal nacida. Ya de una vez vete de mi casa. Sin plata, eso nunca. Mientras se ventila lo del testamento yo voy a estar aquí, naturalmente cuando tenga mi plata entonces decido lo que me da la gana. No me obligues ir a la policía. Marta eso nunca lo harás, porque tú eres tan ambiciosa como yo y tú también estás implicada en este crimen tanto como yo, y podrías ir a la cárcel conmigo. Desgraciada en eso estoy de acuerdo contigo, yo no quiero ir a la cárcel, pero tú tienes el Corazón más negro que el mío. ¿Habiendo tanta plata cómo pudiste enterrarlo en ese cementerio? Querida Marta, no se te olvide que en esos días tú estabas en la Habana paseando con el Cubanito, y yo solita tuve que tragarme el muertico, además el velorio, y el entierro nos salió más barato. Cual velorio tú hablas si lo enterraste enseguida que lo mataron. Por favor Marta no sufras tanto si de verdad lo quieres mucho sácalo del cementerio, y lo entierras dónde te de las ganas. Ahora déjame sola que tengo que vestirme porque me invitaron a una fiesta. La señora Marta salió de la habitación sin poder oír las últimas amenazas de Francisca.> > Estúpida vieja, a ti también te mato si no me dan mi plata. Fueron demasiados años acostándome con ese viejo asqueroso, y no pienso irme de esta casa con las manos vacías. El señor don Gaby bajo la cabeza ya sin poder mirar a Lucia. > > Venga conmigo don Gaby. ¿A dónde piensa llevarme porque yo ya no quiero vivir más? Don Gaby en esta vida con una vez que usted muera es suficiente, así que no pretenda morir otra vez porque no lo va a lograr. Deme su mano que yo lo voy a llevar a un lugar donde los seres humanos pretender ahogar las penas con una botella de Aguardiente. El ruido de la música acompañado con el ruido que hacen los carros al pasar por la calle 51, casi no podía oír nada de los clientes del Estadero, y este viejo sentado en una silla ya comida por el comején, y el tiempo vi aquellos dos seres aparecer frente a mí por arte de magia. Desde entonces empiezo a creer que los muertos del cementerio visitan el último suspiro. > > ¿Qué hacemos aquí, porque me trajiste a este estadero? Simplemente estamos aquí para que usted pueda apreciar que don Gaby no es el único ser humano que comete pecado mortal. Mire aquel viejo sentado en aquella silla, cuando era joven se acostaba con la esposa, y también se acostaba con un hombre. Y el que le sigue es otro viejo maluco que añora su cuerpo, y le daría su alma al Diablo por volver a nacer otra vez, estuvo veinte años en la cárcel por violar una pela de nueve años de edad. Un momento Lucia. Usted lo que me quiere dar a entender que la mayoría de los muertos, y vivos que esta noche estamos en este Estadero, casi todos somos pecadores. Así es don Gaby. Casi todos vienen aquí a lamentarse y hablar de su negro pasado, y si usted le pone un poquito de atención todos dicen que no han cometido pecado alguno, y ninguno se considera culpable de su oscuro pasado cuando estaban en el cuerpo. ¡¡Pues yo tampoco me siento culpable de todo lo que ha sucedido a mí alrededor!!

Usted don Gaby se vuelve a equivocar. Usted si cometió pecado mortal con el placer de la carne humana. Usted se atrevió traer a su casa una menor de edad, y después decirle a todo el mundo que la quiere como una hija, y a escondida en su casa teniendo sexo con ella. ¿Es que acaso usted cree que Dios es ciego? Mire Lucia es que acaso ser tutor espiritual le da derecho a juzgarme con tanta rudeza, si ya usted sabe cuáles son mis pecados, entonces hablemos de los suyos. Lucia bajo un poco la cabeza, y se alejó de don Gaby lo que me dio oportunidad de tomarme un trago de Aguardiente, y volví otra vez a parar la oreja y escuchar aquella conversación entre dos muertos. > > Mire don Gaby. Si por circunstancia fuera de mi alcance espiritual yo no logro que usted se arrepienta de sus pecados, entonces usted y yo vamos a pasar un largo tiempo en este cementerio antes de elevarnos a la gloria de Dios. Bueno Lucia yo me voy arrepentir de mis pecados, así podemos irnos ya de una vez de este Cementerio. ¡Por favor don Gaby compórtese usted como un espíritu inteligente! En esa forma usted no puede arrepentirse de sus pecados. Lucia usted es la que me tiene turbado, ya le dije que me arrepiento de haber pecado en tal forma. Y don Gaby yo le vuelvo a decir que el verdadero arrepentimiento de un pecador tiene que venir de su Alma para ser aceptado por el espíritu superior, y usted don Gaby no quiere reconocer que murió, y que su cuerpo está enterrado en el cementerio, y que su espíritu también está aquí hasta que se arrepienta de sus pecados y pida un perdón de súplica al todo poderoso que nos quiere, y nos consientes como hijos que somos de él. Otra vez fue para mi asombro al ver como Lucia desaparecía, y don Gaby la buscaba con desesperación, y al no verla muy angustiado se sentó a mi lado y empezó hablarme. >> ¿Usted ve cuadro, y ahora qué hago? Sin casi poder contestarle y con un nudo en mi garganta me tome dos tragos de Aguardiente al ver que en mis años de enterrador en el cementerio por primera vez se me presentaba la oportunidad de hablar con un muerto, imagínese usted un muertico que yo mismo enterré, pero agarre un poco de fuerza y le conteste. Mire mi llave, la verdad que no se ni que contestarle porque esta vida es tan jodida que yo creía que era corta, pero con todo lo que he oído, y he visto la burra vida es más larga que lo que yo imaginaba. > > Así es cuadro, la vida de nosotros es muy larga, y mire lo que me pide Lucia, y que yo me arrepienta del Alma. ¿Cuadro y eso como se hace? Porque yo quiero regresar a mi casa, y quiero que Marta, mi esposa me explique algunas cosas, y también quiero darle el frente a la mal nacida de Francisca, y decirle que esa plata es mía que yo fui quien la sudo trabajando día tras día. Pero mi llave ya usted no puede reclamar esa plata los muertos no cuentan en la primera vida. Mi llave lo único que usted puede hacer es reclamar sus derechos ante el tribunal divino. Mire mi llave cuando usted llegue allá les dice a todos esos viejos vestidos de blanco que usted reconoce ser un muertico rebelde, pero que usted quiere que se le haga justicia aquí en la tierra,

Y también en el cielo. Y de una vez usted le dice que aquí usted vivió su vida a plenitud, además mi llave si uno naciera con el libro de la ley bajo el brazo a lo mejor nos respetábamos como hermanos que somos, o quien sabe lo que haríamos con nuestras vidas. Así que mi llave reconozca que usted es un muerto de mí cementerio y póngase a estudiar el libro de la ley, para cuando usted se enfrente al tribunal divino pueda justificar su pecado mortal. ¡Mesero tráigame otra botella de Aguardiente, que mi llave y yo vamos a brindar por la vida del más allá! > > Por favor seguridad llévese al enterrador porque ya ésta borracho. A mí nadie me lleva al Cementerio, yo solito sé cómo ir. >> mire cuadro yo lo acompaño hasta el cementerio porque de todas formas yo tengo que hablar con Lucia. Pues mi llave vámonos para el cementerio ahora mismo. La verdad que yo no sé de dónde saque fuerzas para caminar hasta el cementerio, pero sujetándome de aquí y de allá, yo le hablaba a don Gaby. Mire mi llave no le haga caso a ese mesero que de arrepentidos esta hecho este mundo y algún día a él lo van a traer donde yo trabajo para que yo le eche un poquito de tierra en la cara, y con todo gusto lo voy hacer. Yo me acuerdo que entramos en el cementerio y estaba todo tan iluminado que parecía de día, y un rayo de luz divina alumbraba a Lucia. Mire mi llave apúrese y despídase de Lucia que ella ya se va al tribunal divino. Y no tengas pendiente alguno que yo siempre voy a estar aquí en mi querido oficio, para conversar contigo. Ya eran casi las tres de la mañana aquí en la tierra porque tengo entendido que en el mundo de los espíritus un minuto nuestro, es una eternidad para ellos. Ya don Gaby se encontraba cerca de Lucia, y de un señor muy serio vestido de blanco que vino a buscarla. Lucia le hiso seña a don Gaby para que no se acercara demasiado a la luz divina. A pesar de mi borrachera, yo solito pude entrar en el cementerio, y pude oír toda lo que hablaron sentado en una tumba de un hombre joven que yo enterré en el día de ayer. > > ¿Lucia ya usted se va? Si don Gaby, mi misión en este mundo ha terminado, y ahora le toca a usted, así que no se le olvide que tiene que obedecer la ley que nuestro padre Celestial nos dispone como único medio para salvar nuestras Almas. ¿Ya usted sabe cuál es el primer capituló escrito en el libro de la ley? Si lo se Lucia. Pues don Gaby dígalo. Es amar al prójimo, como a mí mismo. ¿Y el segundo cuál es? No levantar falso testimonio, que quiere decir no mentir. Créamelo Lucia he aprendido mi lección, y me he dado cuenta que las cosas más grandes de la vida se pagan con amor, con ese Amor que solamente sale del Alma. Así es don Gaby, porque nuestro Dios es solo Amor, y por él vivimos en Amor una vida eterna. Adiós don Gaby, ya tengo que irme. ¿Espere Lucia, donde dejo el libro de la ley? Pero no hubo más palabras y aquel rayo de luz divina se llevó al espacio a Lucia, y al señor vestido de blanco desapareciendo entre las estrellas. Con un poco de esfuerzo pude levantarme de la tumba donde estaba sentado, y me acerque a don Gaby y le pregunte.

¿En qué puedo servirle antes de irme a dormir, porque mañana voy a estar muy ocupado con dos entierros? Es que Lucia se fue sin decirme donde está el libro de la ley. Mire mi llave a lo mejor es aquella cosa que brilla como el oro, y se encuentra debajo de ese árbol de Laurel. > > Gracias cuadro, usted me ha salvado la vida. Don Gaby levanto el libro de oro, de la ley y lo apretó contra su pecho haciéndolo desaparecer. En ese mismo instante mí turbia mirada pudo ver al joven que yo había enterrado ayer, y me dije esto que estoy viendo es como una cadena espiritual. Hoy tú, mañana yo. Pero don Gaby lo vio también y le pega un grito. > > ¿Oiga joven, y usted para donde cree que va?.......

LA BURRA PANCHITA

MIRE SEÑOR YO ME ENCUENTRO PERDIDO, Y LA VERDAD NO sé qué me paso. Mire usted joven, primero dígame como usted se llama. Mi nombre es Jairo Duran, pero mis amigos me llaman "EL FLACO". Muy bien yo lo voy a llamar el flaco, porque usted y yo vamos a ser amigos. Así que usted flaco ubíquese en el último lugar donde se encontraba, y por favor trate de hacer memoria si es que le queda alguna. Pues yo andaba con mis llaves (amigos) dándome unos toquecitos de coca. Bueno flaco ya me puedo dar cuenta en lo que usted andaba. Mire no piense mal porque la coca, era de la buena. Eso fue en la avenida Murillo con la treinta y tres. Yo iba a cruzar Murillo cuando sentí un golpe, y de momento ya yo estaba parado en el otro lado del Sardinel (acera), pero eso no es todo señor. Tendido en la calle estaba mí cuerpo al lado de una Buseta, y la gente mirándome como Goleros (ave de rapiña). Pues muy asustado me encontraba cuando se me acerco una señorita muy bonita toda vestida de blanco, y me dijo que viniera aquí a este cementerio, y que hablara con un viejo que se llama don Gaby. Fue algo increíble esa señorita me puso su mano en la frente y ya yo estaba aquí. Así que esa joven te mando a que hablara conmigo. ¿Y que más te dijo de mí la señorita vestida de blanco? Me advirtió que el señor don Gaby es un viejo peleonero, pero que era buena gente. Muy enojado don Gaby, se le acercó al flaco. > > Mire usted flaco. Aquí en el cementerio hay que respetar la ley, así que si quiere salir pronto de aquí tiene que ser obediente con la ley. Mire señor esa señorita vestida de blanco me advirtió muchas cosas de usted, así que lo mejor que yo puedo hacer es irme para mi casa. El flaco se dirigió hacia la puerta de salida, entonces pudo oír la voz de don Gaby que casi le gritaba. > > Flaco usted no puede salir del cementerio. ¿Y porque no puedo salir? Porque usted flaco está muerto. Llego el día siguiente y me dediqué a enterrar el cuerpo de una viejita, y también tuve que abrir un nicho, y acomodar una cajita de madera con los huesos de una mujer joven, que según me dijeron una familia de Gitanos que recientemente se mudaron para la ciudad, y que esos huesos pertenecen a un familiar de sus antes pasados. Y te advierto Gringo que yo no acostumbro hablar mucho, pero lo que hoy te voy a decir tiene mucho con lo que ya te dije, y hoy en día yo sí creo que los muertos del cementerio salen de noche, y visitan el Estadero El Último Suspiro. Sofía dame otra Cerveza. Esta es la tercera qué pides viejo tragón, si sigues así hablando y tomando vas a volver loco al americano. Usted Gringo no le haga caso a Sofía, que ella es buena gente. > > ¿Por casualidad Sofía es familia de usted? Oiga como usted sabe que ella es mi nieta. >> Solamente me lo imagine. Bueno Gringo siga escribiendo, que resulta ser por lo general todos los Burros agachan la cabeza cuando halan la carretilla, pero en el caso de "Panchita la Burrita" era diferente pues siempre mantenía la cabeza erguida como buscando lo que no se le perdió, pero Panchita es una Burrita joven y alegre, aunque le gusta mucho criticar a los seres humanos, Especialmente a su joven dueña que cada seis días de la semana se levanta muy temprano para ir al mercado, y conseguir las Mandarinas, y limones que pone en la carretilla, y que Panchita hala sin protestar. Bueno hay veces que cuando ve a otro Burrito que le gusta se detiene a mirarlo porque Panchita dice que ella no es igual que su dueña DULCE DEL RIO, que le apesta todo lo que sea macho, y no quiere tener amigos que la molesten tampoco que la toquen, pero a Panchita le gustaría tener un novio. Un Burrito que la muerda y le haga el Amor. Y muy contenta y zalamera hala su carretilla por las calles de su querida Barranquilla. > > Apúrate Panchita que el Sol está muy bravo, y tenemos que entregarle estas Mandarinas al señor Ortega. No Panchita, yo no quiero ver al hijo del señor Ortega, sabes muy bien que Agustín me choca porque todos los pelaos de su edad se creen muy macho. Pero Dulce, tú estás enamorada de ese pelaos. ¡Mentira! Panchita sabes muy bien que yo no quiero tener nada con ningún hombre, todos los hombres quieren lo mismo. ¿Dulce y que es lo que quieren los hombres? Mira Panchita déjate de estar haciendo preguntas necias porque esta conversación ya la hemos tenido antes. Esa partía de Burros lo único que quieren es***. ¿Y ahora Panchita porque te detienes? Porque tienes que medir tus palabras, fíjate en la forma que me hablas. Está bien no te hablare más así. ¡Bueno ya muévete que hace mucho calor! No lo hare hasta que me pidas perdón, y si no lo haces me quedo parada aquí todo el día. Panchita la verdad que eres una Burra terca. Está bien perdóname no volveré a insultar tu raza. Ahora por favor muévete o nos vamos a cocinar con este Sol. Mi querida Dulce, tú tienes que aprender que nosotros lo Burritos no somos cualquier animal, nosotros tenemos la gloria, y la bendición, y el honor que nuestros antepasados pasearon a nuestro "SEÑOR JESUS CRISTO" por las calles de Jerusalén, y ese honor tan grande lo llevaremos por los siglos de los siglos Amen. A pasos cortos y sin apuro de llegar Panchita tomo por la avenida Murillo, buscando la tienda del señor Ortega. Al llegar a la tienda Dulce le recrimina. > > Mira que caliente están estas Mandarinas, y todo por tu culpa. Solamente venías pendiente de los otros Burros que pasaban por tu lado. De seguro que el señor Ortega se va enojar conmigo. Mira Dulce yo no tengo la culpa de ser joven, y señorita. Y tú no: Entre ustedes los humanos tener sexo a temprana edad no es correcto, lo que para ustedes es un delito en mi raza es un honor. Tú me tratas así porque todavía te duele que el hombre que fue tu marido te dejo por otra más fea que tú. En mi raza no existe eso. Si un Burro no me quiere pues buscamos a otro Burro que me quiera. Naturalmente Panchita eso solamente sucede entre ustedes los animales, el primer macho que se lo pide…ahí se lo zampan (se lo dan). Para nosotras que somos seres humanos seria ser una mujer fácil, una mujer que ha perdido su "AMOR PROPIO" además eso es un pecado ante Dios. Tú has oído al padre Silverio como nos regaña cuando no vamos a Misa.

Escúchame bien Dulce. Ustedes los seres humanos se consideran la raza superior del mundo, sin embargó la mayoría de ustedes no se han dado cuenta que son una raza llena de resentimientos, y odio. Y que también están llenos de dudas y supersticiones, y que son un montón de materialistas arrepentidos porque le tienen miedo a la muerte, y no se dan cuenta que el Amor es lo que más vale en este mundo. Porque cada vez que Amamos es como si volviéramos a nacer, y nos olvidamos de los años que hemos vivido, y también nos olvidamos que tenemos que morir, porque Dulce, el verdadero Amor hace que uno se vuelva a enamorar otra vez y muchas veces más, y perdonamos el Amor pasado y volvemos a sufrir por otro Amor, y mientras sufrimos más amamos y nos entregamos al Amor sin condición alguna. Y mientras el verdadero Amor está dentro de ti eres feliz y no existe otro mundo como el tulló propio. ¡¡Cállate Panchita!! Si otra persona pudiera oírte diría que eres una Burra poética. ¿Dulce con que se come eso? No te hagas la estúpida sabes muy bien que el Poeta es una persona que vive enamorado-a de su vida y se niega aceptar la realidad de este mundo. ¿Entonces Dulce tú sabes cuál es la realidad de este mundo? No. Yo no lo sé, pero las personas que estudian mucho en esos Colegios grande que uno ve en la tele. Ellos si saben de qué está hecho el mundo. Dulce yo soy una Burrita y te digo que uno no tiene que estudiar para saber dónde uno quiere ir, y hasta dónde uno puede llegar. Panchita eso es mentira. Uno siempre necesita ayuda en esta vida. Eso no es cierto Dulce. Si para todas las cosas que tú vas hacer necesitas ayuda entonces eres una inútil. No hables así Panchita. ¿Qué tal si yo te pongo una carga pesada y no puedes con esa carga? ¡No la halo, así no mas no la halo! Y si tú eres una persona normal nunca me pondrías una carga que yo no pudiera halar. ¿Por qué estás tan segura que yo no lo haría? Porque tú Dulce conoces un poquito la realidad de la vida, y también sabes que eso sería una crueldad por tu parte después que yo te he servido humildemente, y sin protestar mucho. Panchita yo nunca hare eso. Yo te quiero mucho, y nunca te haría daño alguno. Por favor Dulce no me abrases tan fuerte que me ahogas, además si pasa alguno de mis novios puede pensar mal de mí. ¿Dulce hasta cuando vas estar hablando con tu Burra? Usted perdone señor Ortega, pero es que Panchita últimamente no quiere trabajar. Déjate de excusas y acomoda las mandarinas en la sombra, antes que se cocinen con el Sol. Si patrón como usted ordene. Agustín ven ayudar a Dulce. ¡Huy que pinta trae el pelaos! Cállate Panchita que a nosotras no nos importa como el joven Agustín viste. Solamente hemos venido a traer las Mandarinas, y que nos paguen. Mira Dulce yo de esta sombra no me voy hasta que el Sol se tranquilice. Así que no me molestes tanto con tus problemas emocionales. Panchita si sigues con tu rebeldía me voy a enojar contigo. Buen día Dulce. Como siempre hablándole a Panchita. Buen día tenga usted joven Agustín, lo que sucede es que hoy mi Burra no se siente bien.

Te has equivocado Dulce, porque yo veo a Panchita muy gordita, y muy saludable ya puedo ver que tú la cuidas muy bien. Hasta horita. ¿Qué tú dices? Nada. Digo que no pechiches (consientas) tanto a Panchita porque después no quiere trabajar. No te enojes Dulce. Y por favor mira que me estas gritando. discúlpame Agustín, es que este Sol últimamente lo estoy sintiendo muy fuerte. Mira Dulce, mejor acomodamos las mandarinas, y después yo te invito una Gaseosa (refresco). ¿Agustín ya acabaste de acomodar las Mandarinas? Si papá. Toma tu plata mujer, y la próxima vez vienes más temprano o me busco otro carretillero. Si señor Ortega, le prometo que no le fallare. No te preocupes lo que dice mi papá él nunca se buscaría otro vendedor, tú te has ganado su cariño. Él te quiere mucho. Y tú Agustín. ¿Yo que Dulce? Que si tú tienes algún aprecio para mí. También yo te quiero mucho. Espera un momento voy a traer las Gaseosas. ¡Tú si eres bruta Dulce! ¿Por qué no esperaste que él se te declarara? No se Panchita, por qué me pongo tan nerviosa cuando estoy cerca de él. Me alegro mucho. Esto te pasa por estar negando lo que en realidad sientes por este Pelaos. Es que siento un miedo, y si me sucede lo mismo que me pasó con el otro. Mira Dulce la mente está dotada para nunca olvidar los pasajes de la vida, pero en tu poder está en alimentarlos o aceptar que tú no quieres cambiar tú forma de vivir. Por favor calla la jeta (boca) que ya viene. Toma tu Gaseosa. ¿Dime Dulce, hasta cuando vas a seguir haciendo esta clase de trabajo? Lo pienso hacer hasta que me muera, porque para mí es un trabajo decente ser carretillero-a y a buena honra.

Por favor Dulce no me refiero que es un trabajo malo, es que mírate lo sucia que siempre estas como si nunca te bañaras. ¡Oiga joven Agustín, yo si me baño todos los días! dale mira que no lo parece. Mírate en un Espejo, parece que nunca te peinas y ese pantalón que traes puesto es marca única. Agustín yo no tengo porque darte explicaciones. Ese es otro problema que tú tienes siempre andas enojada con todo el mundo. ¿Es que acaso todos tenemos la culpa de lo que te pudo haber pasado en tu vida? ¿Por qué me lo preguntas así en esa forma, es que acaso tú ya sabes lo que me paso? Sinvergüenza dime quien te lo dijo. Pero dulce en que mundo estás viviendo, fíjate qué entre Cielo, y Tierra no hay secretos ocultos. Y en Barranquilla casi todos nos conocemos las caras, y sabemos que hay mucha gente que le habla a los Burros. Oiga joven Agustín, en estos tiempos que vivimos es preferible tener como amigo a los animales, que quieren sin pedir nada en cambio. Sin embargó ustedes los hombres a veces se comportan peor que los animales, cuando se dan cuenta que una pela los Ama enseguida aplican la ley del embudo. Pero Dulce no sé porque me hablas así. Cuando tu sepas cual es la ley del embudo volveremos hablar, o ha de ser mejor que se lo preguntes al señor Ortega. Y toma tu Gaseosa no la quiero, además ese sabor nunca me ha gustado.

Vámonos Panchita que es la hora de dormir la siesta, y despúes le llevaremos algunas frutas al padre Silverio.

De un salto Dulce subió a la carretilla, y Panchita sin protestar volvió a la avenida Murillo rumbo a su querido barrio. > > Ya te disté cuenta Panchita como son los hombres, solamente porque ya sabe lo que me paso se considera con el derecho a enamorarme, y el muy machista como sabe que él me gusta ya quiere aplicarme la ley del embudo. ¿Por favor dulce dime cual es la ley del embudo? La ley del embudo es lo ancho para ellos (los hombres), y lo estrecho para nosotras (las mujeres). ¿Y esa ley te la aplico el hombre que fue tu marido? Si Panchita. Y el muy hijo de P. vive contento con la maluca (fea) que tiene y que no le da nada a él, sin embargó cuando vivía conmigo yo le daba de todo lo que me pedía, y de mí siempre se quejaba. Lo único que le deseo es que esa maluca le haya puesto un amarre (brujería), y que nunca lo suelte. De esa forma cada vez que se acuerde de mi va a sufrir por qué no está a mi lado. Y te digo una cosa Panchita. Agustín no es nadie en especial, yo estoy segura que es un machista creído. Es un atrevido decirme en mi propia cara que yo nunca me baño. Perdona Dulce, pero él nunca quiso decir eso. Quizás lo insinuó. Si lo dijo. Y también me dijo que si yo no quería tener novio tal vez me gustaban las mujeres. ¡Que calumnia es esa Dulce, porque el joven Agustín nunca dijo eso! Cuál es tu problema Panchita que siempre sales defendiéndolo, si lo quieres mucho pues quédate con ese pelaos engreído porque a mí ningún hombre me va a controlar otra vez con sus palabritas dulces de pelado inocente. Mira Dulce. En tu propia soledad te estas convirtiendo en una amargada, y estoy segura que ya la gente piensa que eres una loca callejera. Entonces tu eres una Burra loca, porque si andas conmigo algo de mí se te pega. ¡Yo no soy una Burra loca! Aquí la única soya (loca) eres tú, que no quieres aceptar que éstas enamorada de Agustín. Y tú si estas tragada por ese pelaos. Mira te la voy a poner más fácil. Le presentas Agustín a tú vecina Palmira. Panchita yo no tengo porque hacer eso, además Palmira es una pela que tiene muchos pretendientes. Dulce yo estoy segura que tú vecina Palmira se pondría muy contenta en tener al joven Agustín como un pretendiente más, porque Palmira si sabe cómo seducir a un hombre y llevarlo a su cama, y que el pobre regrese como un perrito pidiendo que le den más de eso que lo hace feliz. Cállate panchita. ¿Cómo es que tú sabes todas estas cosas de Palmira? Dulce cuando no trabajamos yo me acerco a la casa de Palmira, y por la ventana de su aposento yo oigo como los hombres le ruegan, y le dicen a Palmira, por favor nunca me dejes que yo estoy dispuesto a darte todo lo que tú me pidas. Y otros le dicen tú me gustas un montón, el próximo Domingo yo regreso. Y hay un viejito que le dice. Espérame querida que yo. ¡Basta ya Panchita! Si así de grande tienes las orejas, así de chismosa eres. Me tienes asombrada que te dediques a espiar por las ventanas. Pero Dulce lo que tú no sabes otra lo practica. Y en este mundo de machos, nosotras las hembras tenemos que aprender de todo para poder defendernos de ellos, y yo quiero aprender lo que Palmira hace,

Para que sus machos siempre regresan a ella, y que yo todavía no sé cómo hacerlo. Eres increíble Panchita, no hay duda que tú eres una Burra enferma. Tú estás sexualmente enferma igual que Palmira. Y qué me importa si el sexo es sabroso, además yo no tengo ningún cargo de conciencia que me martirice mi mente. Y todo lo que hago siempre lo he hecho a la luz del día para que Dios no me acuse de pecadora.

Porque ustedes sí. Los seres humanos siempre hacen el Amor a escondidas, y la mayoría de las veces apagan la luz para que Dios no los vea, y muchas veces cuando terminan de hacer el Amor se llenan de resentimientos, y de amarguras porque están falto de fe en Dios. Panchita por favor cállate ya, me das miedo porque pareces una religiosa predicando el evangelio del Amor. El Sol de Barranquilla, y algunas veces amigo del Barranquillero parecía que calentaba más que en otras ocasiones. El silencio reino entre la Burrita y su dueña hasta que llegaron a su tranquilo hogar que temblaba por el ruido de la música que venía de un Estadero que se encontraba situado en la esquina de la cuadra. Muy calladita Dulce llevo a su Burrita hasta el patio, y empezó a bañarla. > > ¿Dulce porque no me hablas? No tengo ganas de hacerlo. No te lo reprocho yo soy una Burra, y tu tendrás ganas de conversar con uno de tú raza. ¿Dime, hace tiempo que no sabes nada de tu ex? Ya van hacer dos años que no sé nada de él, tampoco me interesa su vida. Él muy desgraciado con la plata que yo le daba se iba a las fiestas, y regresaba borracho o endrogado. Así que no me lo menciones más. Como tú digas. Dicen que mañana va haber una fiesta cerca del cementerio. Dulce yo creo que debemos de ir a esa fiesta, total no te va a costar ninguna plata porque es en la calle y si tienes suerte a lo mejor encuentras un pretendiente mucho mejor que el joven Agustín. Por favor Panchita, si te callas te prometo que mañana iremos a esa fiesta. ¿Dulce a cuál fiesta piensas ir? Muy sorprendida Dulce se dio la vuelta para ver la persona que le hablaba. > > Perdone usted Palmira, pero es que estoy haciendo planes en voz alta para mañana. No te preocupes Dulce, aquí en el barrio todos sabemos que tú le hablas a tu Burra, pero de que te vas a una fiesta eso es algo nuevo. ¿Dónde es la fiesta? Si tú quieres yo te acompaño. ¿Dulce porque me miras así? Es que yo no tengo amigas. Un empujón que le dio Panchita, hiso que Dulce hablara más rápido. > > Claro esta Burra es mi única amiga. Pues desde hoy yo soy tu primera amiga, y para celebrarlo mañana vamos a esa fiesta. ¿Dónde es esa fiesta? Es en la calle que colinda con el Cementerio. Huy Dulce, por poco se me olvida decirte que una muchacha muy bonita, y vestida de blanco me pidió el favor que te diga que a tú ex- lo mato una Buseta, hace varios días en la Murillo con la treinta y tres. Por favor Palmira dime como todo sucedió. Según la señorita vestida de blanco, solamente me dijo que tú ex– venía borracho, y endrogado, y que al cruzar se detuvo en el medio de la calle y zum…la Buseta le paso por arriba. Mira Dulce no le pongas mente a eso él es el muerto, y tú estás viva.

Mira mañana nos ponemos bonitas, y tú vas a ver que todos los hombres se van a derretir de ganas cuando nos vean caminar por la calle. Palmira yo no tengo ropa bonita para ir y tampoco sé cómo ponerme así, como usted. No tengas pendiente que yo te presto uno de mis pantalones favoritos, y yo misma te maquillo. Ahora te dejo tranquila porque se me hace tarde para ir al instituto de belleza. ¿Está usted estudiando? Si. Mi aspiración es ser una modelo de la Tele, y yo estoy segura que lo voy a lograr. Sin decir más nada Palmira camino rumbo a su casa dejando a Dulce en silencio, y a Panchita muy feliz. >> ¿Te fijaste que cuerpo, y que nalgas tiene Palmira? Si. Ella es más bonita que yo, siempre la mujer Guajira brilla como las Estrellas en el firmamento. ¡Yo nunca seré así como ella! Por favor Dulce no sigas hablando así, lo que te sucede es que tú te has abandonado de ti misma y tu propia auto estima la tienes por el suelo vete para tú casa y báñate que a lo mejor con agua y jabón se te quita todo eso y te olvidas del muertico que tanto te fregó la vida. Es verdad lo que dijo Palmira, es mejor que lo dejemos tranquilo él es el muerto, ahora tendrá que ajustar cuentas con Diosito. Lo que es a mí ya no me debe nada, pero si el muy desgraciado vuelve a nacer yo lo mato, te lo juro que yo lo mato, y que se muera de una vez por todas. Me voy para mi casa, pero tu Panchita no te pongas a mirar por la ventana de Palmira. Si lo vuelves hacer te amarro a este Árbol. Pero Dulce no seas tan egoísta conmigo yo también quiero ser modelo como Palmira. Estás soya (loca). Nunca se ha visto una Burra modelo. Si fueras una yegua de paso fino, pero eres una Burra de carretilla, y para el colmo también te gusta el chisme. ¿No te parece que eso es cruel? Porque yo lo llamo discriminación en el reino Animal, y la culpa se la echo a tu raza. ¿Dime que tiene una yegua de paso fino que yo no tenga? Déjame pensar y no me presiones. ¡Ya sé qué diferencia hay! Una yegua de paso fino es más hermosa que una Burra, y camina como una señorita. Te advierto Dulce que nosotras las Burras también podemos caminar como una señorita, pero el muy desgraciado del hombre nos tomó como animal de carga. Mira Panchita es mejor que cortemos esta discusión porque no quiero herir tu Amor propio, y me voy. ¡Lárgate! Está condenada mujer no quiere razonar de ninguna forma. En fin, yo no tengo que ser igual que ella cada una en su mundo así que tan pronto como caiga la noche me acercare a la ventana de Palmira. Que me gusta el chisme, que me importa lo que digan los humanos. Al siguiente día temprano en la mañana Dulce fue a buscar a panchita, pero la Burra ya no estaba cerca del Árbol donde la había dejado. >> Condenada Burra siempre esta arrecha (con ganas). Donde habrá pasado la noche. A lo mejor Panchita tiene razón y yo misma me estoy castigando. ¡Lo juro que desde hoy yo voy a cambiar! Voy hacer que Palmira me ponga bonita, y no me voy a tener más lastima. Dulce...Dulce por favor que te estoy hablando. Vámonos que se nos hace tarde para todo lo que tenemos que hacer.

¿Qué hacías hablando sola y sin tu Burra? Hoy no sé dónde ésta, no la he visto. Te digo Dulce que tarde en la noche tu Burra metió su cabeza por mi ventana y estuvo pendiente de todo lo que mi amigo y yo hacíamos, me toco cerrar la ventana. Cualquiera que la ve diría que esa burra entiende todo lo que mira. Por favor Palmira, mira que Panchita es una Burra. Yo entiendo que es un animal, pero tiene un comportamiento muy raro. Fíjate que primero tienes que bañarte, y después te hago el maquillaje y vas a ver que hermosa vas a quedar. A Dulce no le quedó otro remedio que bañarse, y obedecer en todo lo que ella le ordenaba que hiciera. >> ¿Haces mucho tiempo que no te acuestas con un hombre? Si. Hace tiempo que no tengo sexo. ¿Y tienes ganas de hacerlo? Te digo Palmira que me extraña tu pregunta. Sabes muy bien que después que una lo hace la primera vez el sabor se queda en una para toda la vida. ¿Dime que es lo que están celebrando en esa fiesta? Palmira la verdad que no lo sé, pero una pela me dijo que están celebrando la muerte de un mal marido. ¡Pobre hombre, y que hiso el muy desgraciado que le toco morirse! Dejo su mujer bonita, por una maluca. Pero en este mundo en el que todos vivimos el que la hace la paga, y algunas veces se le cobran los intereses y tienes que pagarlos también. Es mejor que no sufras más por ese hombre total que más da ya está muerto. Toma mídete este pantalón para ver cómo te queda. Te está un poco apretadito porque tú también eres nalgona igual que yo. Te digo Dulce que a mí nunca, no me han gustado las fiestas cerca de un Cementerio.

Y ese es un cementerio viejo, ubicado en el barrio Lucero, y tiene fama de que los muertos salen a la media noche. No seas tonta Palmira, esas son historias del pasado cuando no había Discotecas, tampoco había Estaderos, y cuando en aquellos tiempos nuestros Abuelos hacían reuniones en sus casas, o en los Parques, el tema principal era si había vida después que uno moría. Para mí el que se muere muerto esta. Punto, nadie lo mando morirse, abren un hoyo en la tierra, lo meten en el hoyo y le echan tierra hasta taparlo, y el vivo sigue bailando el próximo Carnaval. Pero Dulce yo he oído decir que un muerto puede conversar contigo y tú no te das cuenta que esa persona es un espíritu. Y dicen que ellos tienen poderes para obligarte hacer lo que ellos quieran. Palmira por favor no seas cobarde. Mira yo te prometo que si un muerto se acerca a mi yo me lo llevo a la cama. ¿Entonces tú no le tienes miedo a los muertos? No. No les tengo miedo porque ellos para volver a disfrutar las cosas buenas de este mundo tienen que tener otra vez el cuerpo que perdieron, y que los gusanos se dieron gusto comiéndoselo. Y para que eso suceda otra vez está muy imposible, "porqué el plátano maduro, nunca vuelve a verde". Te repito Dulce, que tú eres más valiente qué yo porqué yo si le tengo miedo a los muertos. Palmira tu no le tienes miedo, tú lo que sientes es represión a lo desconocido. Fíjate que tú te acuestas con tus amigos y no tienes miedo en hacerlo,

Ellos si te pueden matar en un momento de ira porque ellos si están vivos y tienen cuerpo para hacerlo. Un espíritu es tan solo una energía fría sin cuerpo, porque lo perdió al morir su cuerpo. Dulce yo creía que tú eras una Burra estúpida. ¿Cómo es que tú sabes todo eso? Es que yo he estudiado sicología antes de casarme, y pude aprender un poco como los seres humanos nos comportamos referente a la vida, y la muerte. Pero lo que yo aprendí en el colegio no me sirvió para nada el día que me casé y eso me comprueba que el Corazón es un órgano ciego incontrolable, capaz de llevarte al peor de tus fracasos. Ahora entiendo porque tu Burra es tan inteligente, de seguro que tú la has enseñado. ¡No te confundas Palmira! Los animales solamente tienen dos sentidos. Uno para defenderse, y el otro sentido para ser curiosos a lo que no entienden, y a mi Burrita Panchita por mucho que yo la enseñe siempre será una Burra, y nunca será una yegua de paso fino. Ya el Rey Sol se encontraba más tranquilo en su firmamento y la calle que colinda al lado del Cementerio estaba cerrada, y los Kioscos ya estaban abiertos para vender sus productos a la clientela que ya empezaba a llegar. Casi cayendo la noche Palmira, y Dulce arrimaron a la fiesta, y se acomodaron frente al Estadero El último Suspiro. >> El estúpido de mi amigo no está aquí. Tranquilízate Palmira, mira que hay mucha gente. ¡Por Dios Dulce, yo vine a bailar y a pasar un buen rato, él no está me busco otro! Buenas tardes Dulce. ¡Agustín tu aquí en esta fiesta! Que sorpresa Dulce encontrarte aquí bañadita, y vestida como una mujer. No te alagues Agustín que todo esto no lo hice por ti. Y quiero que sepas que yo siempre he sido una mujer muy hermosa, lo que sucede es que los Burros como tú siempre andan con la cabeza agachada, y solamente recogen la leña que cae en el suelo. Perdóname Dulce, sé que no he debido insultarte en tal forma como lo hice ayer, pero me pareció que era la única forma de despertarte de tú letanía. Yo sé que tú eres una mujer hermosa igual que tu amiga lo es. Las dos amigas cruzaron miradas de flecha rápida, y también una sonrisa de triunfo muy disimulada. > > Dulce no quiero discutir contigo y te prometo que nunca más te voy a ofender. También quiero decirte que tu Burra Panchita, está dentro del cementerio. ¿Y qué hace esa condenada Burra en un cementerio? La verdad que no lo sé, pero el viejo enterrador anda diciendo que la Burra le dijo que ella no sale del cementerio porque su patrona ya no la quiere. ¡Burra terca! Voy a sacarla del cementerio antes que el señor enterrador forme un escandaló. Dulce espera un momento. ¿Es que no me vas a presentar a tu amiga? No. Así que déjala tranquila. Agustín yo si quiero conocerte. Sin ningún reclamo por parte de Dulce, la joven Palmira agarro Agustín por la cintura y le dice. > > Ven vamos a bailar así nos conocemos mejor. Mi nombre es Palmira, y no te preocupes por Dulce, déjala que busque su Burra, nosotros todavía estamos vivos y nos vamos a divertir porque esta vida es linda. Sin preocuparse de sus amigos Dulce entro en el cementerio encontrándose con el viejo enterrador. > >

    ¿Dónde está mi Burra? Panchita está en la parte de atrás del cementerio, y se está comiendo las flores de las tumbas. ¿Oiga como usted sabe que se llama Panchita? Ella me lo dijo. No puede ser, usted tiene que estar borracho por que los Burros no hablan. Mire señorita esta Burrita si habla porque tiene el espíritu de una Gitana dentro de ella. Eso que usted está diciendo no es cierto de seguro que usted ha consumido mucho Aguardiente. Búsqueme a Panchita, mire que ya casi es de noche. Señorita no se preocupe qué ya viene su Burra con la Gitana. Viejo borracho, yo solamente veo a Panchita de seguro que usted tiene demasiados años trabajando en este cementerio, y ya ve visiones. ¿Señorita usted no cree que los muertos existen? No señor. Ven Panchita vamos para la casa. La verdad que no sé cómo llegaste aquí. Lo ve señorita. Usted le habla a Panchita eso quiere decir que usted sabe que la Burra habla. Señor enterrador lo mejor que usted puede hacer es lo que le gusta enterrar gente, y olvídese de mi Burra, y de mí también. Vámonos Panchita, por favor no te pongas terca y vámonos para la casa. Mire usted señorita. La Burra no se va a mover, y tampoco le va obedecer. ¿Por qué usted se niega a comprender lo que le estoy hablando? ¡No seas terca Dulce, no te pongas tan loca! Dulce no supo que hacer tampoco que decir al ver aquella mujer que le hablaba muy tranquilamente arrimada a un Árbol cercano. > > Pero mujer por lo menos di algo, habla que tú no eres muda. ¿Quién es usted, y porque usted tiene la misma voz de Panchita? Yo soy un espíritu de guía. Y fui encomendada a guiarte, y asistirte en todo lo que necesites espiritualmente siempre y cuando no sea pecaminoso. ¡No le creo! Y tú Panchita empieza a caminar. No te obedece porque no te conoce. Yo estuve mucho tiempo dentro de ella. Ven acércate a mí y tócame de esa forma te darás cuenta que lo que te estamos diciendo es verdad. Mire señorita sea usted obediente y acérquese a la Gitana. Mire señor enterrador usted no se acerque a mí, y tampoco me toque que me pone nerviosa. Yo sola puedo hacerlo. Poco a poco, y a pasos cortos Dulce se acercó a la Gitana, y al tratar de tocar uno de sus hombros su mano quedo suspendida en el aire y dando dos pasos hacia atrás exclamo. > > ¡No puede ser verdad esto, de seguro que estoy soñando! Dulce si todo esto es solo un sueño para ti, entonces despierta y veras que nosotros desaparecemos. En silencio Dulce miraba aquella mujer de color Canela, y cabellos largos, y oscuro que vestida con colores vivos mantenía su sonrisa en la cara. > > Para ti me llamo Diana De los Andes, y el Espíritu superior no quiere que tú te pierdas en el pecado terrenal. Por eso me dio el poder para ayudarte. Mire yo no sé quién es usted, ni tampoco sé qué cosa es usted. Tampoco considero que necesito ayuda de ninguna clase. Muy bien dicho. Ya que no necesitas de mí, entonces llévate tu Burra, y cuando tengas necesidad de saber algo solamente pronuncia mi nombre Diana, y enseguida estaré a tu lado.

La joven Gitana desapareció frente de Dulce, haciendo que Dulce se llevara las manos al pecho, pero repuesta un poco de su asombro agarro a Panchita y empezaron a caminar hacia la salida del cementerio. > > Señorita por favor de Dios. ¿Todavía usted no cree lo que vio con sus propios ojos? No sé qué decirle señor enterrador, pero prefiero dejar las cosas tranquilas y no complicarme la vida. Es mejor que el misterio de la muerte siga siendo un misterio para mí. De esa forma me comportare mejor desde hoy en adelante. ¿Por qué usted se resiste a salvarse? Dulce se queda mirando al hombre que vestido de blanco le seguía preguntando con mucha insistencia. > > ¡Espere no me diga más nada usted también es un espíritu Gitano! Señorita Dulce yo soy un espíritu, pero no soy Gitano. Yo soy del barrio los Nogales. Ya puedo darme cuenta que usted también conoce mi nombre. ¿Es que ustedes los muertos del cementerio no tienen nada que hacer, que solamente fregarle la vida a los que estamos vivos, que culpa tenemos nosotros que ustedes se hayan muerto primero? Señorita Dulce no ha sido mi intención molestarla en ningún momento, pero yo le pregunto. ¿Si usted está viva porque sufre tanto, y siente mucho dolor? Mire usted señor como se llame. Don Gaby, así me llaman. Mire usted señor Don Gaby, con todo respeto le digo que yo solamente entre al cementerio a buscar a mi Burra Panchita nada más, pero me he encontrado que los muertos de este cementerio son una partida de chismosos que se dedican averiguar las vidas de los vivos. Así que me voy porque yo si estoy viva, y entre los que están muertos yo no tengo nada que hacer. Señorita Dulce, usted se vuelve a equivocar porque entre los muertos hay un Alma que depende de usted si se salva, o duerme la muerte eterna. Ahora con su permiso me retiro. Usted señorita perdone que vuelva a molestarla, pero hace como dos semanas yo enterré a un joven, y el pobre esta tan triste que yo creo que tiene eso que llaman estrés. A lo mejor si usted habla con él se le quita todo el estrés. ¡Nada más faltaba esto, que un vivo cure a un muerto! mire señor enterrador deje ya de estar hablando bobadas. Pero señorita a mí me parece que ese muertico es pariente suyo. El que le dijo Don Gay. Señor enterrador ya estoy cansada, y mis planes esta noche es de divertirme en esa fiesta, y si tengo suerte acostarme con un vivo. En mi agenda no está pasarme la noche oyendo las lamentaciones de un muerto. Sería mejor que usted llame a su amiga la gitana Diana, para que lo cure. ¿Dulce tú me llamaste? Te puedes ir porque yo no te necesito para nada. Pero tú pronunciaste mi nombre. Si. Pero mira que coincidencia el señor enterrador te tiene un paciente para que lo cures. Yo no he sido encomendada en asistir esa Alma pecadora, pero tú Dulce no tienes curiosidad en saber quién es. Porque él fue alguien muy importante en tu vida. ¿Por qué ustedes se empecinan en fregarme la noche? Y yo que venía tan contenta a divertirme en la fiesta que hay en la calle. Mira habla con él, y a lo mejor él después encuentra el camino de su salvación.

Diana no tienes que decirme quien es él. Ya me lo imagino, hasta después de muerto el muy desgraciado necesita de mi para salvar su asquerosa Alma. ¿Dime Diana, que pasaría si yo me niego a perdonarlo, y que sería de mí? Ese es un misterio que solamente el Espíritu suprior puede contestarte.

Es muy probable que a ti no te suceda nada porque todavía tú tiempo no ha llegado, y él solamente necesita dos cosas de ti, tú perdón, y que tú le expliques la vida tan confundida que él vivió. ¿Y porque tengo que ser yo, y no esa maluca que me lo quito? Esa mujer que tú odias tanto también sufrió por su culpa. La pobre se enamoró locamente de él, y a esa edad cuando una tiene dieciocho años de edad muy pocas veces pensamos que el Amor es una ilusión que puede ser maltratada, y explotada por el hombre, y eso fue lo que hiso él con ella y se aprovechó de su poca experiencia, pero ya ella se arrepintió de habértelo quitado y ahora vive con sus padres que ya la perdonaron porque va a darles una nietecita, y esa pela los va a llenar de felicidad, de esa felicidad que tú has deseado tener hace muchos años, y que tú no tienes por estar guardando resentimientos de toda persona que te hace algo, o que no esté de acuerdo contigo. Dime Diana. ¿Cuánto tiempo hace que tú estás a mí lado? Yo estoy a tu lado desde que tú naciste. ¿Entonces tú sabias que todo esto me iba a suceder? No. No lo sabía, y si lo hubiese sabido no estaba en mis manos evitarlos. Como guía espiritual tuyo, yo no puedo quitarte las pruebas de tu vida, tampoco desviarte de tu destino personal. ¿Diana dime la verdad, cuáles son los deberes tuyos conmigo? Ya te dije que yo estoy aquí para darte consejos espirituales, también para protegerte si lo malo intenta robarte tu Alma, pero si tú ya consiente de tus actos entregas tu Alma a lo malo, yo no puedo hacer nada para evitarlo. Dios te da pleno albedrio para ser responsable de tus acciones. El que fue tú marido debido a los vicios que tenía su mente no podía pensar, ni actuar como una persona normal, pero ahora que su cuerpo está muerto su Alma se encuentra confundida y pide una explicación porque vive, y se encuentra en el cementerio al lado de lo que queda de su cuerpo. ¿Pero Diana, porque tú no le has explicado todo esto a él que está muerto, mírame yo estoy viva? Porque el Espíritu superior ha decidido que tú eres la persona indicada para hacerlo. ¡Y quien carajo es el Espíritu superior para decidir por mí! Dulce ten mucho cuidado en la forma que hablas, porqué gracias al Espíritu superior tienes un Alma que vive dentro de tu cuerpo, y que también te hace respirar para que tú cuerpo se mantenga vivo. Mire Panchita todo esto es muy complicado para mí. Ya te dije que mi nombre es Diana, y que Panchita es la Burra. Mira Gitana tú si estás loca, a que espíritu se le ocurre meterse en el cuerpo de una Burra. Entonces Dulce las dos estamos soya. ¿Dime tú, a qué ser humano se le ocurre tener como familia una Burra, y conversar todos los días con la Burra? Está bien Diana, yo voy hablar con el tal Flaco. ¿Y si el Flaco no quiere hacerme caso alguno?

Dulce tienes que insistir porque vas hablar con un Alma que esta confundida. Tienes que apurarte antes de que sean las nueve de la noche. ¿Y porque tengo que ser yo la que tengo que apurarme, si aquí los muertos son ustedes, yo estoy viva? ¡Hay Dios mío! Dulce hasta cuando a ti hay que explicártelo todo. Yo digo que tú eres peor que una Burra. Diana tómalo como tú quieras porque yo no tengo ningún apuro para hablar con un desgraciado muerto. Mira Dulce, y pon un poquito de atención. Después de las nueve de la noche el espíritu está protegido por la oscuridad entonces Don Gaby los deja salir para que visiten sus amigos, y parientes. Diana lo que tú me quieres decir es así como este viejo es el enterrador, el señor Don Gaby es el carcelero. ¡¡Por el todo poderoso!!...Dulce vete hablar con el Flaco, y te aseguro que cuando salgas de aquí no vas a regresar a este cementerio. Está bien, pero no me grite. Mire señor enterrador acompáñeme a ver al Flaco. Señorita yo no puedo hacer eso, yo mejor la espero aquí con mi botella de Aguardiente. Si nadie me acompaña a ver al Flaco, yo me voy de este cementerio. Un momento señorita Dulce, a mí se me ha dado la potestad para hacer que la ley se respete en este cementerio. Ya me di cuenta señor Don Gaby, que usted es algo así como el inquisidor que siempre anda aplicando la ley del embudo. Lo ancho para usted, y lo más difícil de aceptar para los demás. Señorita Dulce vamos a ver al Flaco, pero sin insultarnos. ¡¡Que todas estas pelas son igualitas, así era la señorita Lucia!! ¿Señor Don Gaby que usted está murmurando que no le oigo? Nada. Absolutamente nada. Por favor señorita Dulce, tenga usted mucho cuidado al caminar que no pise las tumbas. Mire Don Gaby, es que aquí ya no hay espacio para caminar. Este cementerio está lleno de muertos. ¿Es que acaso yo estoy muerto? Si. Usted ésta muerto Don Gaby. Ya puedo ver que usted quiere volver hablar del mismo tema. ¿Señorita Dulce cómo es posible que yo esté muerto, y estoy conversando con usted? Mire Don Gaby no se haga el inteligente conmigo, porque usted se murió, y se convirtió en un espíritu. Señorita Dulce eso quiere decir que yo soy un muerto- espíritu. Déjese de bobadas que usted sabe muy bien que la palabra muerto se le aplica a todo cuerpo inmóvil y sin vida, y la palabra espíritu se le aplica a toda potencia activa invisible al ojo humano. Pero señorita Dulce usted me puede ver. Si lo puedo ver porque su espíritu tiene esa potencia de transformación, pero yo estoy segura que en el mundo de los espíritus hay algunos espíritus que no pueden manifestarse como usted lo hace Don Gaby. Señorita Dulce yo puedo reconocer que usted es una persona muy inteligente entres los seres humanos, así como usted necesitamos aquí para que nos ayuden. Mire Don Gaby yo no tengo ningún apuro de estar entre ustedes, así que guárdese tanta zalamería conmigo que en este cementerio ni en sueños. Le advierto señorita Dulce que este es un cementerio de mucha fama. Aquí se encuentran los restos de familia muy importantes, y llegaron a tener mucha plata (dinero) en Barranquilla.

Lo que sucede es que el ser humano se ha vuelto muy vanidoso y han construidos cementerios con Panteones de Mármol muy lujosos, andan buscando nombres de la alta sociedad. Señorita Dulce yo le digo que para llegar a Dios solamente hay un camino, y es responsabilidad del ser humano de encontrar ese camino si se le ha perdido. Don Gaby guarde sus palabritas de historiador porque lo que es a mí, usted no me va a convencer de que me quede entre ustedes. No se le olvide a lo que yo vine a este cementerio, y se lo voy a recordar, por si las Moscas usted tiene pensado otra cosa. ¡Yo vine a sacar mi Burra de aquí! Y ahora le digo que cuando salga no pienso ir a la fiesta, mientras más lejos este yo del cementerio mucho mejor es para mí. Señorita Dulce no se le olvide el viejo refrán que dice "Arrieros somos, y en el camino andamos". Párele ya Don Gaby. ¿No le parece que ya estamos muy adentro del cementerio? No tenga usted ningún pendiente que nada le va a suceder, mire ya llegamos y aquella es la tumba del Flaco. ¡Nadie le ha puesto Flores, tampoco agua! No se asombre señorita Dulce usted sabe que algunos seres humanos no les gusta visitar las tumbas de sus familiares muertos. ¿Y a usted Don Gaby su familia viene a visitarlo? No señorita Dulce, yo ya no tengo familia. La familia que yo hice la mudé a un Palacio a la orilla del rio, un día vino una tempestad humana muy violenta, y se llevó a mi familia. Tan pronto paso aquella tempestad humana el

Sol alumbro todo aquello que estaba oscuro en mi vida, y la luz divina me salvo de aquella tempestad humana. ¡Pero Don Gaby usted murió en su propia tempestad! Sí es verdad que mi cuerpo murió, pero el espíritu superior no quiso que mi Alma se perdiera. Así como yo le hablo, usted le va explicar al Flaco lo que es la vida, y la muerte porque yo también tuve a alguien que me alumbro el camino de la vida. Dulce yo estoy seguro que usted va a ser una Antorcha viva para el Flaco. Insista señorita Dulce, y no permita que su Antorcha se apague. Mire usted ya viene el Flaco, yo me retiro un poco para que puedan conversar. Por favor Don Gaby no me deje sola con él. Usted no se preocupe, así como le dijo la Gitana, usted solamente pronuncie mi nombre y enseguida yo estaré a su lado. Hola Dulce. Que gusto me da verte otra vez, ya me habían dicho que tú venías a visitarme hoy. ¿Y quién te lo dijo? Una Gitana maluca que siempre me está enamorando, pero la pobre siempre anda montada en una Burra. No te preocupes Flaco, que tan pronto yo vea esa Gitana le voy a decir que te deje tranquilo, y que para ella se busque un hombre Gitano. Pero Dulce mira tú donde me tienen dicen que yo estoy muerto y que tengo que esperar que sean las nueve de la noche para visitar a mí familia. Ayer fui a ver a mi mamá, la pobre llorando estaba y por más que le hablaba no me hiso caso. Y para el colmo de los males mi mujer me dejo y se fue a vivir con sus padres. Ya yo se lo dije que con sus viejos yo no voy a vivir. Dulce ellos nunca me han querido como yerno. Yo lo que creo que ellos lo que quieren es verme muerto. Siento mucha inquietud,

Pero también estoy contento porque voy a ser papá. Flaco ni la muerte te ha cambiado. Así que déjame hablar también. Tú no eres tan estúpido como dicen, y que muchos han creído que lo eres. Tú sabes muy bien que hace dos semanas que estás muerto, pero tú no quieres reconocerlo porque te da miedo que descubran todo lo malo que tú hiciste. ¡Hasta en tu muerte quieres hacerte el vivo! ¿Por qué no te arrepientes de todo lo malo que has hecho, y así hay más probabilidades que te pongan en un lugar mejor que aquí? Dulce dime tú de que yo tengo que arrepentirme, que yo sepa no he matado a nadie. Flaco cuando tú vivías conmigo no trabajaste ni un día, tampoco tuviste ni un detalle para mí. Y el día que yo te deje antes de irme me diste una paliza como si yo fuera tu hija, y después me tiraste en la calle sin plata. Y lo más triste de todo fue, que yo era la que pagaba la renta del apartamento. Mira Dulce a estas alturas y después yo de muerto, ahora tú vienes a mi tumba a reclamarme algo que tú me diste voluntariamente. ¡Porque yo nunca te puse un cuchillo en el pecho para que me dieras todo lo que tú me diste voluntariamente! Pero si me lavaste el cerebro con tus encantos sexuales. No Dulce, no es como tú piensas. Fuiste tú la que caíste por mis encantos masculinos. Y yo como hombre al fin seguí tus caprichos de mujer liberada. Así que por esa parte de mí vida yo no cometí ningún pecado. Flaco desgraciado si por tu culpa he pasado dos años que no levanto cabeza, hasta perdí mi empleo. Dulce otra vez te vuelves a equivocar, porque esa es una parte de tu vida que solamente tu tomaste esa decisión de trabajar en la calle con una Burra, y ni vivo, tampoco después de muerto yo no tengo porque pagar por tus errores. ¡¡Ha Flaco ahora resulta ser qué para ti, yo soy la culpable de nuestro matrimonio, y también de nuestra separación!! Sí que lo eres Dulce. Y si en nuestro matrimonio hubo algún pecado, ese pecado es tulló. No se te olvide Dulce que tu viniste a la Costa de vacaciones y te enamoraste de mí, y tampoco no se te olvides que dejaste a tu única hija, y al que fue tu esposo sin importarte nada. Tampoco tú hiciste caso a tus padres por más que te decían que yo era un vago, y un mantenido. Tampoco se te olvide que dejaste el trabajo que tenías en Bogotá para darte el gusto de estar conmigo, pero de esta parte de tu vida tú nunca la has hablado. Públicamente de tu vida solamente has dicho lo que te conviene, o te da miedo que algún día tu propia hija te reclame algo muy personal ocurrido entre su papá, y tu persona. Cállate Flaco no es el caso que menciones a mi hija porque ella prefirió el cariño de su padre no el mío. Está bien no mencionemos a tu hija, pero si te digo Dulce que tú estabas tan tragada por mí que me adoraste a tal extremo que yo creo que Dios se puso celoso de mí, y por ese lado tu caíste en pecado. Naturalmente que tampoco fue mi culpa porque muy bien que yo estaba tranquilo en nuestro apartamento y tú me dejaste solito como un pelado abandonado, y me dijiste que te ibas a pasar tres semanas con tus padres en Bogotá.

Hasta un amigo me dijo que te vio paseando por las Praderas con el padre de tu hija. Mira Flaco eso es cierto, pero ese día mí hija andaba con nosotros, yo no andaba sola con él. ¡Te lo creo Dulce, yo te lo creo! Mira Flaco, no te la des de muy santo conmigo porque tú sí que me la hiciste maluca. ¿O ya se te olvido que cuando yo regreso de Bogotá, yo te encontré en mi Apartamento, y en mi propia cama acostado con esa condenada maluca? Pero Dulce si tú me hubieras llamado por Teléfono diciéndome que día regresabas nunca hubieras encontrado a Lina en el Apartamento. Y te digo Dulce, que acostarme con Lina yo no lo considero un pecado. Yo considero pecado mortal todo aquello que uno hace "con premeditación y alevosía" sin tener en cuenta el daño que uno le puede hacer al ser Amado. Para mí, Lina llego a mi vida en el momento indicado, nuestro Amor fue limpio y fugaz. No duro más tiempo debido a la incomprensión de los seres humanos que siempre ponen de ante mano el dime cuanto tienes y te diré cuánto vales. Lina y yo no teníamos nada material de valor, pero en dos años que vivimos juntos ella me Amo como tú nunca lo hiciste. Y yo la ame sin medida porque así es como el espíritu da el Amor que siente. Querida Dulce, el único pecado que yo pueda tener fue no cuidar mi cuerpo debidamente, y por ese pecado le pido perdón a Dios. Y que tenga piedad de mi Alma. Mi querida Dulce escucha mi consejo, y escudriña la parte de tu vida que ya viviste y así podrás reconocer tus errores pecaminosos, o involuntario. Ahora tienes que perdonarme que no puedo hablar más contigo, porque ya me están llamando. Tengo que irme porque mi hora frente al Tribunal Divino ha llegado, y esa es una cita que no puedo darme el lujo de faltar. Sin decir más nada el Flaco camino hacia un hombre vestido de Blanco que su cuerpo producía una luz brillante, y que sin ningún apuro hacía rato que lo esperaba. Dos lágrimas brotaron de los ojos de Dulce mientras los dos seres desaparecían de su vista. Solamente las pisadas de la Burra Panchita la hicieron regresar a la realidad, pero sin hacerle caso omiso a panchita comenzó a caminar a pasos rápidos hacia la salida del Cementerio. > > Señorita Dulce, espere un momento. ¿Qué usted quiere ahora don Gaby? Ya me he dado cuenta lo que usted, y la Gitana han hecho conmigo. ¿Es que acaso solamente soy yo culpable de mi desgracia? Pero señorita, mire que individualmente cada ser humano es responsable de sus actos. Señorita Dulce su hora de transformación todavía no ha llegado así que usted tiene mucho tiempo para reconocer sus errores, y ser feliz en su vida, y también puede hacer feliz a toda persona que con-viva con usted. Solamente dese cuenta que usted no necesita casarse o unirse a otra persona para ser feliz, porque en su Alma hay tanto Amor lo suficiente para repartir al mundo entero. Tenga llévese a Panchita que su Burra se lo va agradecer todos los días de su vida. Gracias Don Gaby, usted es un Alma que merece que el Tribunal Divino le perdone todos sus pecados. Señorita Dulce mi hora no ha llegado,

Pero mi arrepentimiento lo llevo conmigo. Ya afuera del cementerio, Dulce y Panchita comenzaron alejarse poco a poco del lugar y también de la fiesta. Entonces fue que Dulce pudo oír una voz muy conocida. > > Espérame que prisas tienes. ¿Porque te vas sin mí? Es que no te veo Diana, y así no puedo conversar contigo porque la gente va a pensar que yo estoy loca. Pero mi niña, antes nunca te importo que la gente te viera hablando con una Burra. ¡Por Dios! Diana todo dueño de un animal en algún momento siempre habla con su mascota, así que no es nada raro que yo hable con Panchita. ¡¡Y te vuelvo a repetir que no quiero que vuelvas a tomar posición de su cuerpo!! Tú a mí no puedes prohibirme eso. Pues mira si puedo, porque Dios le dio un Perro a su dueño, y un gato también. Pero a mí me dio una Burra, y material o espiritual yo soy su dueña. Y tú no puedes hacer nada para evitarlo porque ya yo sé dónde puedo ir y quejarme de ti. Dulce se detuvo rápidamente al ver la imagen de Diana frente a ella. > > Muy bien mi niña ya puedo ver que estas aprendiendo muy rápido, pero mi trabajo contigo no ha terminado. Diana tú tienes que reconocer que ya tú no tienes tu cuerpo, por lo tantos tú tienes que decirme que fue lo que te sucedió que moriste tan joven, por qué siento que algo me dice que si tú sigues insistiendo en salvar mí Alma es por qué tú quieres salvar la tuya. Mira mi niña yo no tengo porque decirte mi vida privada. ¡Naturalmente que no Diana! Yo en este mundo no decido quien vive o muere, pero como Dios me dio pleno albedrio si me da la gana, y quiero puedo cometer pecado mortal. ¿Está bien niña Dulce que es lo que quieres de mí? Son muchas cosas que necesito que me ayudes a conseguir. Primero quiero recuperar el cariño, y la confianza de mi hija Loli. ¿Y tú piensas que con eso vas a salvar tu Alma? No Diana, lo único que me importa ahora es salvar el cariño de mi hija Loli. Yo sé que el Espíritu superior me la dio y yo la abandone, pero le voy a demostrar que todavía me queda mucho cariño de Madre. Entonces tendrás que apurarte porque tu hija Loli, ya tiene novio, y la pobre tiene apuros en casarse por que ésta esperando un hijo. ¿Condenada Gitana si tu sabías eso porque no me lo habías dicho antes? No siempre puedo decirte todo lo que se, solamente lo que se me está permitido. Mira mi niña para estar con tu hija Loli tú tienes que mudarte para Bogotá, y también tienes que pensar que vas hacer con tu Burra. Quiero recordarte Diana que tú has dicho que no has terminado conmigo. Así que empezando mañana tú tienes que ayudarme a recuperar mi empleo en Bogotá, más tardar el próximo lunes tengo que tenerlo. ¿Y si me niego hacerlo? No puedes negarte porque a ti te pusieron a mi lado para ayudarme. Dulce ya te dije que solamente puedo ayudarte espiritualmente. Yo dudo que solamente sea así como tú dices, tú tienes muchas responsabilidades conmigo. Lo que sucede que cuando tú tenías tu cuerpo, fuiste muy Arrecha con los hombres. Querida Diana a ti te gustaba hacer demasiado el sexo, y ese placer se le pego a tu espíritu.

Y desde el día en que tu cuerpo murió, tú estás añorando esos placeres pecaminosos y no encuentras la salida para aceptar lo que tú no puedes cambiar. Esa es la razón por lo cual tú no puedes ocultar tú pecado mortal. Sin embargó Diana yo te felicito porque llevándome al cementerio has logrado que yo vea la vida de diferente manera ahora más que nunca me doy cuenta que de verdad no somos perfectos, y que mi pasado está lleno de equivocaciones personal y que me diste la oportunidad de conocer al viejo enterrador, y también a Don Gaby, pero todavía mi hija Loli, y yo necesitamos de tu ayuda. Mira yo te prometo y te juro que en la hora que estemos frente el tribunal divino yo hablare la verdad, y diré todo el trabajo que tú has hecho para salvar mi Alma, y lo buena que tú has sido conmigo a pesar del deseo sexual que domina tu espíritu. La imagen de Diana fue desapareciendo poco a poco dejando sola a Dulce. >> Vamos panchita que ya la gente nos está mirando un poco raro. Tan pronto lleguemos a la casa es para dormir, fíjate que son casi las once de la noche y mañana bien temprano tengo que hacer muchas llamadas por Teléfono a mis viejos amigos en Bogotá, ellos se creen que yo estoy soya aquí en Barranquilla. Tremenda sorpresa se va a llevar el señor Casanova él era mi patrón, cuando oiga mi voz y le diga que quiero trabajar con él. Y te digo Panchita yo no quiero dar muchas explicaciones porque mis antiguos compañeros de trabajo también les gusta el chisme, y de seguro que van a tratar de saber dónde yo estaba, y que hice en estos dos años de mi ausencia. Sin hacer mucho ruido Dulce amarro su Burra al Árbol, y miro hacia la casa de Palmira. Una suave luz se podía ver en la ventana del cuarto de Palmira, y dulce sonriendo se metió en su casa y se quitó la ropa, y antes de acostarse se arrodillo frente a la cama, y empezó hablar con el todopoderoso. > > Dios mío yo nunca pensé en hacerle daño a ninguna persona, pero hoy me he dado cuenta que cuando uno cree que tiene toda la razón entonces es cuando se nos oscurece toda la mente, y necesitamos que alguien nos traiga un poco de luz para poder ver la verdad. No puedo culpar a nadie de mis propios errores sin embargo pido que se me haga justicia por todo el mal que me hayan hecho. Porque Dios yo estoy arrepentida por todo el mal que yo le pudiera haberle hecho algún ser humano, por eso te pido perdón, y quiero estar sola sin Amor. Dios dame la oportunidad de ayudar a mi hija Loli, y si ella ya no me quiere no importa lo aceptare como una prueba de fe para que yo cambie mi vida, y seré una mejor madre para mi hija. Y Dios mío te hago saber qué gracias a Don Gaby, y a la Gitana he podido arrodillarme y pedirte perdón. La noche transcurrió rápido solamente se podía oír la música del Estadero de la esquina. Ya eran casi las ocho de la mañana cuando Palmira, y el joven Agustín le tocaban la puerta a Dulce. > > Mira Dulce aquí tienes a Agustín, y te juro que no hemos hecho nada de nada. Mira Agustín es mejor que regreses a tu casa a descansar, y después yo te explico. Vete rápido después hablamos.

Después de despedirse rápidamente Agustín se retiró dejando solas a las dos amigas. > > ¿Qué te sucede Dulce, yo pensé que a ti te gustaba el pelado? Claro que si Palmira, el me gusta un montón, pero yo tengo muchas aspiraciones de logran algo para mí y una hija que tengo. Si ahora me enredo con Agustín nunca podre lograr lo que quiero, porque siempre él estará en el medio de mis planes. Querida amiga Palmira, en esta vida siempre hay que sacrificar algo, para poder obtener las cosas que uno quiere tener. Y parece que estuviera escrito que para pagarle al Espíritu superior por todo lo que me ha dado, y por todo lo mal que yo me he portado tengo que vivir sin Amor. ¿Dime una cosa Dulce, tú viste algo raro en el cementerio que te ha hecho cambiar del todo, es que acaso viste algún muerto? Dulce no quiero que me mientas, porque yo una vez en la ciudad de Riohacha acompañe a mi mamá al cementerio porque quería coger un poquito de tierra de una tumba, porque mi mamá le estaba haciendo una Brujería a mi papá, para que regresara a la casa. Yo me acuerdo que las dos entramos en el cementerio con mucho miedo. Mi mamá se acercó a una tumba que estaba adornada con pitos, maracas, y cintas en varios colores, y cogió un poquito de tierra y la puso en un envase de cristal y corriendo salió del cementerio primero que yo. Yo seguí caminando normalmente, la verdad en ese entonces yo estaba más joven, y no sentía tanto miedo. De pronto vi una mujer muy bonita, y bien vestida como si viniera de una fiesta de Carnaval, y esa mujer me dijo. Tú papá no va a regresar a la casa, porque su hora se le ésta acercando. ¿Y que tu hiciste cuando ella te dijo eso? Yo le sonreí y le contesté. ¿Es usted Adivina que sabe las cosas del futuro, o alguien se lo dijo? Te juro Dulce que esa mujer no es de estas tierras. Te la voy a copiar en la forma que ella me hablo. Palmira se puso las manos en la cintura, y dando dos vueltas hablo así. > > Óyeme mi niña, eso me lo dijo el Ángel de la muerte, y dalo por seguro que el Ángel de la muerte nunca miente. Así que decirle a tu mamá que se ahorre el trabajo que Diana sabe lo que dice. Como todavía yo estaba en el cementerio, yo seguí caminando y al voltear mi cabeza para verla otra vez ya ella no estaba entonces fue cuando sentí miedo y salí del cementerio corriendo ya mi mamá me estaba esperando afuera cuando oigo una voz dentro de mi cabeza que me decía. Pero niña no corras tanto que cualquiera diría que has visto un muerto. ¡Echa mírame que yo estoy más viva que tú, y nunca más me voy a morir! Mi mamá y yo paramos de correr y yo mire para atrás, y allí estaba parada en la puerta del cementerio, y con una de sus manos me decía adiós, y lo último que me grito fue así. No te preocupes mi niña que yo siempre voy a estar contigo. Por favor Dulce, mira que te has quedado muda. Pues te digo Palmira, tú lo que viste esa noche fue un espíritu de guía, los espíritus de guía se suponen que están para ayudarnos no para hacer el mal. ¿Tú la has vuelto a ver desde aquella noche? No la he vuelto a ver más nunca. Una vez fui a ver una Bruja, y me dijo que todos los espíritus tienen nombres,

O señales como un código para uno poder comunicarse con ellos. ¿Tú quieres volver a verla? Dulce no me hables en ese tono porque me da miedo. Yo si quiero verla otra vez porque esa Bruja también me dijo que ese espíritu había fallado en ayudarme y que por su culpa yo me había acostado con tantos hombres, y que tampoco podía progresar. ¿Y tú quieres preguntarle todo eso sin tenerle miedo? Si. Aunque le tenga miedo yo quiero preguntárselo. Palmira atiende lo que te digo. Lo más probable es que yo mañana parta para Bogotá. ¿Tan pronto te vas, y a quien le vas a dejar a Panchita? A ti Palmira. Tú vas a ver qué entre Agustín, y Panchita te van hacer muy feliz, pero antes tenemos que hacer algo muy importante como llamar a ese espíritu. ¿Dulce porque tú quieres hacer eso? Simplemente porque a ese espíritu le fue más fácil ayudarme a mí, y a ti te utilizo para algo personal. ¡No me asustes Dulce, mira que ya tengo mis piernas flojitas! Por favor Palmira, tienes que hacer lo que te digo para que ese espíritu se haga visible tienes que decir el nombre de ella tres veces, así que siéntate y pronuncia su nombre. Obedeciendo la joven Palmira llamo a Diana tres veces por su nombre. Y un silencio quedo entre las dos mujeres. > > No sucede nada.

Palmira no comas ansias que el espíritu tiene sus obligaciones con el Espíritu superior, y por Dios que a él si no le puede fallar. De un solo golpe la puerta de la sala se abrió, y entro Panchita protestando. > > Echa mi niña Dulce, debiste haberte ido esta misma noche para Bogotá. Hasta en tú despedida me estás dando trabajo. De un solo brinco Palmira se agarraba de su amiga Dulce, gritando como una loca al oír, y ver como la Burra Panchita hablaba. > > Por favor Palmira tranquilízate que ya te voy a explicar todo. ¿Diana porque estas otra vez en el cuerpo de Panchita, si yo te dije que nunca más lo vuelvas hacer? Lo siento mucho mi niña Dulce, pero ya tú no tienes ningún poder sobre mí, y esta Burra ya no es tuya, ahora es de Palmira. Diana tú sabes que la ley hay que cumplirla y obedecerla. ¿Por qué no hiciste lo que se te encomendó? A pasos suaves, y moviendo su cola la burra Panchita salió de la casa, dándole la entrada a la hermosa Gitana. > > Gitana lo hiciste sabiendo que te arriesgabas a una muerte eterna. ¡¡Hay mi niña Dulce, tú no sabes lo que es que te maten en la flor de tu juventud!! En esos momentos yo comenzaba a disfrutar uno de los placeres que le da Dios al ser humano, "La pasión del sexo". Yo reto a la que se ponga en mi lugar con veinte años de edad, y siendo deseada por muchos hombres, y el menos que tú esperas te entierra un puñal en el cuerpo y te mata por celos. En la transformación mi espíritu se quedó con el deseo carnal del cuerpo que ya no tiene. Yo sé que tengo cura, pero hasta ahora me siento impotente para esperar, y últimamente estoy sintiendo algo que no se supone que sienta, y es mucho cansancio espiritual. Diana esta es tu última oportunidad para salvar tú Alma, y la única forma es salvando a Palmira. Si la encaminas por el bien, y limpias de los pecados que en parte han sido por tu culpa.

Tú tendrás una oportunidad frente al tribunal Divino, pero si no lo haces bien vas a tener más oscuridad en tu espíritu, y con el tiempo no podrás ver donde estas y vas a sentir dolor aún que no tengas cuerpo porque las tinieblas y la oscuridad, son los enemigos del Alma. Diana todavía tienes la bendición del todo Poderoso. Regresa donde Palmira y ayúdala haciéndole bien hasta que llegue tú hora de elevarte al firmamento de nuestro padre Celestial. La joven Gitana se acercó a Palmira que se pegaba más y más a Dulce. > > No me tengas miedo Palmira, que desde hoy en adelante yo te voy a guiar sanamente, y no voy a disfrutar de tus placeres, y respetare tu vida privada y también tu pleno albedrio. Y como espíritu de guía que soy tratare de ayudarte en todo lo que esté a mi alcance, y solamente te diré lo que sé me está permitido. Por el día estaré a tu lado en el cuerpo de Panchita, por la noche aún que no me veas siempre voy a estar cerca de ti para ayudarte, y no te volveré hacer mal. Acuérdate de esto si quieres hablar conmigo pronuncia mi nombre tres veces y me veras como soy en espíritu. La imagen de diana fue desapareciendo poco a poco dejando a las dos amigas muy pensativas. > > Por favor Palmira ya cierra tu boca porque se te puede meter una mosca. ¿Entonces ella es una muerta? No Palmira, ella es un espíritu de luz. La diferencia es que el muerto se encuentra en la oscuridad, y se arrastra por la tierra porque no puede elevarse, pero tiene poderes para hacer el mal a nuestro cuerpo si nos encontramos falto de fe en Dios. Un espíritu de luz brilla, y las tinieblas, así como la oscuridad le tienen envidia por su fuerza, y belleza espiritual ya que el Espíritu superior les ha dado vida eterna. ¿Dime Dulce, porque razón tú sabes tanto de estas cosas, y yo no sé nada? Palmira tú no sabes nada referente a la vida, y la muerte porque nunca has leído los libros santos, en los libros santos los profetas hablan y explican lo que es el muerto, el espíritu, y el Alma. También dicen que todos seremos transformados, y que por Amor al hijo de Dios tenemos vida, y por Amor somos salvados de la muerte eterna. Pero tu Palmira no tienes por qué preocuparte tanto para salvar tu Alma, solamente tienes que saber que es el Amor. Si quieres una tarde visita el cementerio y pregúntale al viejo enterrador donde esta Don Gaby, y pregúntale a Don Gaby que es el Amor y qué significado tiene. Ahora vete a dormir que yo tengo muchas cosas que hacer. Dulce tú tienes razón en todo lo que me has dicho, pero me siento un poco cansada o rara, no es que tenga miedo, pero solamente en pensar que hay otra vida diferente a esta que estamos viviendo ya siento que mi vida es muy corta, y yo no quiero morir tan joven como murió esa tal Gitana. Mi amiga no tengas ningún pendiente que cuando se vive en Amor la vida es larga y placentera. Palmira regreso a su casa y se acostó a dormir, mientras se mantuvo despiertas los recuerdo de lo sucedido la molestaba hasta que el cansancio y el sueño la hicieron dormir. Pasado las horas en el reloj, se levantó protestando que no había podido dormir nada.

Dándose un baño rápido, se vistió y camino hacia la cocina hacer Café no se sorprendió al ver a Panchita en la Cocina: > > ¿Y tú qué haces en mi cocina tan temprano? Desde hoy en adelante tienes que acostumbrarte a verme a tu lado. Palmira casi se queda sin voz al oír que la Burra Panchita le contestaba. > > Es muy importante que esta tarde hables con el viejo enterrador. ¿Y qué apuro tú tienes que yo hable con ese viejo que me han dicho que es un Borracho? Mi niña te digo la verdad según van pasando las horas me siento muy mal, y estoy perdiendo fuerza espiritual debido a que no te he cumplido. Me es urgente que tú entiendas todos los ciclos que tiene tu vida. ¿Y cuáles son esos ciclos de los que tú hablas? Por ejempló nacer en eso está incluido la niñez, la juventud, la vejez y muerte del cuerpo. ¿Y si tu estas para ayudarme entonces explícalo tú? Es que según va pasando el tiempo voy perdiendo la potestad que tengo sobre ti. ¿Lo que tú me quieres decir que poco a poco te están quitando los derechos para ayudarme? Mejor vamos a ver a nuestra amiga Dulce para ver que otro consejo nos da. Ya es demasiado tarde para hablar con ella. Dulce partió para Bogotá bien temprano, así que tú y yo estamos solas frente a la realidad de la vida. Panchita, o mejor te llamo Diana en fin a resultado ser que tú necesitas tanta ayuda como yo, y que la salvación de tu Alma depende de lo que yo aprenda en esta vida. Tú eres joven Palmira. Y puedes aprender rápido, solamente en este mundo tienes que cuidarte mucho porque lo malo es muy mentiroso. Sin hablar más nada la Burra Panchita salió de la cocina hacia el patio dejando a Palmira sola, y pensando. > > ¿Cómo es posible que Dulce se haya ido, y me ha dejado en este enredo a mí solita, me pregunto qué pasaría si no voy al cementerio, y que pasaría si voy? Pero pensándolo bien es mejor que yo vaya al Cementerio, y hable con el tal Don Gaby, no quiero poner en peligro mi vida, tampoco mi Alma. La verdad que una nunca sabe lo que puede suceder. Panchita ven, Burra te digo que vuelvas a la cocina. Ahora si estoy fregada, primero Dulce y ahora esta Burra, y ninguna de las dos están cerca de mí me han dejado solita con todos esos muertos que hay en ese cementerio, pero no voy a tener miedo porque esta tarde voy a ir solita al cementerio. Ya eran pasada las cuatro de la tarde cuando Palmira llego al cementerio y empezó a preguntar por el viejo enterrador- a lo cual una sola persona le contesto > >. Señorita es mejor que lo espere en la Capilla porque está enterrando un muerto. No señor, mejor espero aquí debajo de este Árbol. Como usted quiera señorita, pero él está ocupado enterrando a un muerto. Naturalmente señor que tiene que ser una persona muerta. ¿O es que aquí entierran también a los vivos? Si usted supiera señorita que hay vivos muertos en vida ambulando en este mundo sin ninguna dirección. Si usted se refiere a esos que roban, y matan se lo creo. No señorita. Esos son tentados por lo malo para herir a la raza humana, a los muertos-vivos que yo me refiero son ésas persona faltos de fe,

Y que creen que uno ha venido a este mundo por accidente, son gente egoísta con la humanidad y se convierten en resentidos sociales y casi nunca perdonan porque desconocen el Amor propio, y el Amor de Dios. Mire señor ya que usted habla mucho eso quiere decir que usted sabe lo que es el Amor. ¿Mire usted señorita, perdone cuál es su nombre? Mi nombre es Palmira, y soy de la Guajira. Le digo Palmira que yo no lo sé todo en el Amor. ¿Y usted sabe algo del Amor de Dios? Bueno señor yo quiero a Dios, y a mis padres, y a mi familia y quiero a quien me quiera de lo contrario lo mando al Diablo. Señorita Palmira, usted tiene sentimientos enredados en su mente. Mire señor…no me importa como usted se llame, pero mi mente está clara y yo sé lo que quiero y lo que no me sirve lo tiro para un lado. Pero así no es el Amor de Dios. ¿Entonces dígame usted cómo es? Mire Palmira el Amor de Dios no tiene ataduras de ninguna clase, y nunca pide nada en cambio. Se lo da al justo… y al pecador por igual, y no discrimina a nadie. Nosotros no somos una copia de Dios, somos parte de él porque Dios siempre está dentro de todo ser humano porque somos sus hijos queridos. Ya puedo darme cuenta que usted es uno de esos religiosos que se ponen a predicar en las esquinas, y que bien temprano van tocando las puertas con la Biblia en la mano y no dejan que uno duerma unas horas más. Eso no es cierto porque los Domingo yo voy a misa, pero si a mí me tocara hablar del Amor de Dios en cada esquina lo haría a gusto y sin miedo. Por qué bienaventurado el que alaba al señor sin hipocresía siempre será una Antorcha encendida alumbrando el camino de la vida. Hola mi llave. Otra vez hablando con una joven. Pero mi llave a esta pela yo nunca la he enterrado. ¡Oiga que yo no estoy muerta! Y no quiero que me entierren. Yo no sé porque usted se enoja conmigo si enterrar ese es mi trabajo no suyo. ¿Es usted el enterrador? Si. Y da la casualidad que todos los días yo hago mucha falta a los moradores de esta ciudad, fíjese que ellos no pueden vivir sin mí. Cayese la boca que usted está borracho. Como es posible que pueda trabajar en ese estado. Mire señorita usted se calla la jeta porque los únicos que pueden protestar ya están enterrados, y hasta ahora ninguno lo ha hecho. Mire usted no se mueva y quédese sentado donde está. Primero déjeme terminar con este religioso. Caramba, pero este religioso se fue sin despedirse de mí, para donde se iría. ¿Señor enterrador usted vio para donde se fue el religioso que estaba aquí conmigo? usted se refiere a mi llave Don Gaby. ¿Él es Don Gaby? Si señorita y no ha cambiado mucho está igualito como cuando lo enterré. Palmira puso las manos en el Árbol para no caerse, y despacito se fue sentando en la misma Raíz al lado de mi persona.> > ¿Usted me quiere decir que en todo este tiempo transcurrido yo estuve hablando con un muerto? Eso no es nada malo señorita, permítame tocarla para ver si usted está viva o muerta. Usted no se atreva a tocarme, mírese lo sucio que está todo embarrado de tierra. Tenga y tómese un trago de mi botella que a mí me pasó lo mismo...

La primera vez que vi a la señorita Lucia, y a Don Gaby. ¿Usted quiere decir que hay más muertos ambulando en este cementerio? Le hago saber que todos los enterrados aquí tienen la misma vestidura y en eso no hay discriminación. Y porque usted está viva no le da ningún derecho a rechazarlos solamente porque su cuerpo ahora esta joven y saludable lleno de vida. Usted misma se va a ver dentro de cincuenta años más, lo único que siento que yo no voy a estar aquí para enterrarte. Mi cuadro no llore usted, la verdad que muchas veces viene uno a este mundo con el oficio escrito en la frente. ¿Señor enterrador usted conoció a la señorita Dulce? Es que son tantos los muertos, que hasta los nombres se me olvidan. Espere usted...que Dulce no está muerta. Lo que sucede que ella me dijo que viniera aquí y hablara con Don Gaby, y le preguntara que es el Amor, pero yo nunca pensé que el tal Don Gaby es un espíritu. ¿Cuadro porque usted quiere complicarse su vida tratando de saber que es el Amor? señor enterrador antes yo era seca, y mi vida era una rutina sin cambio, pero desde que me hice amiga de Dulce, y su Burra panchita me siento diferente y hasta me parece que puedo conquistar el mundo. ¿Así que usted también conoce a Panchita? Cuadro si usted conoce a esa Burrita pues ya vio a esa Gitana habladora que siempre anda con ella. ¿Eso quiere decir que usted también conoce a Diana? Si. Yo la conozco, pero es mejor que no la mencione mucho porque parece una Cotorra de tanto que habla. Tómese un trago que yo le voy a decir como usted empieza a conocer el Amor. Mire cuadro tenga usted mucho cuidado no se emborrache con esos tragos tan largos que usted se toma. Es que levante mucho el codo. No se preocupe cuadro, pero primero antes que todo usted tiene que quererse y cuidar su cuerpo no se le marchite por qué algunas mujeres son como las Rosas. Primero. Una Rosa que vive en un Jardín, viene cualquier hombre la arranca y al poco tiempo se marchita. Segundo. Hay Rosas en el Jardín que hacen sufrir a cualquier hombre que se atreva arrancarla. Tercero. También hay rosas en el pantano que el hombre nunca alcanza a tocarla, y su belleza es tan grande que solamente viven para la gloria de Dios. Cuadro usted solamente tiene que descubrir cuál de esas tres Rosas es usted.

La primera Rosa es conformista porque acepta su destino sin pelear contra el mundo que la atropella.

La segunda Rosa es vanidosa porque es tan linda que no le importa dejar a su Jardinero si le ofrecen un Paraíso mucho más lindo que el Jardín que tiene.

La tercera Rosa es la intocable, es tan hermosa y humilde que no le importa vivir rodeadas de Pantano y Culebras, porque su fe en Dios es tan grande que vive y brilla entre las tinieblas de su Pantano.

Sin embargó a ninguna de la tres Rosas le ha faltado el Amor de Dios. Si quieres Amor pídelo y lo tendrás en abundancia hasta que se desborde la copa de tu vida y te darás cuenta que la sabiduría, la fe, y el Amor siempre serán de este mundo, pero primero que todo el Amor de Dios. ¿Dígame viejo porque usted sabe tanto de la vida, y se encuentra encerrado aquí rodeado de tumbas, y muertos? Mire cuadro, yo soy como la tercera Rosa intocable. No opino para que no me juzguen, mi pantano es este cementerio, y la belleza la llevo en mi Alma. No la pregono a los cuatro vientos para que nadie murmure que soy vanidoso, tampoco soy conformista, solamente acepto lo que no puedo cambiar. Mi Iglesia es el estadero El último Suspiro, y no está muy lejos solamente tengo que cruzar la calle. Mi confesor es una Botella de Aguardiente acompañado con una Cervecita. Al principio cuando estaba joven tenía muchas penas ahora que estoy viejo no tengo ninguna. Solamente me queda la resaca que tuve la oportunidad de sacarle mejor provecho a la vida, y hoy siento que mis años han pasado demasiado rápido y que no he podido vivir mi vida a plenitud. Pero cuadro ni yo mismo Sé por qué le digo estas cosas tan privadas y que son mías solamente. Mire cuadro es mejor que usted regrese a su mundo, porque para conocer la otra vida usted tiene que saber primero que es el Amor, y experimentarlo en carne propia. No sé porque para algunas personas le es rápido conocer el Amor, pero para otros se demora mucho más, y hay algunas personas que mueren sin conocerlo. Pero si le digo que el Amor es una ilusión divina que contiene la vida eterna. Y la persona que lo tiene y lo cuida, y lo disfruta, y lo respeta sus días son felices y su eternidad placentera. Oiga viejo, no se duerma en mi hombro que tiene que decirme como se llama usted. Pues imagínese todos me llaman el enterrador. Yo quiero que usted me dé su nombre de pila. ¿De verdad cuadro que usted quiere saber mi nombre? Mire que le voy a decir algo que yo creo que el barrio Lucero seriamente se ha olvidado como yo me llamo. Y aquí en el cementerio ningún muertico pregunta por mi nombre, y usted que llego hoy no solamente quiere conocer mi nombre, también mi vida. ¿Por favor viejo dígame su nombre, y yo le digo mis motivos? Mi nombre es ELIAS LAUREL ORTEGA. Mire Don Elías yo quiero que usted ahorre plata para que se compre un vestido (traje) nuevo porque yo quiero casarme pronto, y yo necesito que usted me entregue en el Altar. Así que cuando yo le avise usted le dice a su patrón que se busque otro enterrador por ese día. Porque a usted Don Elías, Dios le acaba de conceder uno de sus sueños tener una familia adoptiva que cuide por usted. ¿Pero cuadro, hija dígame porque se quiere casar tan joven? Porque yo también soy como la Rosa del Pantano, quiero construir mi propio hogar, y no quiero que nadie me lo toque porque va ser un santuario, y delicia para el Espíritu superior, Don Elías muy pronto vengo por usted. Sin decir ni una palabra más, Palmira empezó a caminar hacia la salida bajo la mirada de Don Gaby, la Gitana, y mi persona. Entonces Diana con mucha zalamería exclama. ¡¡Echa ustedes ven, mi niña si sabe lo que quiere de su mundo!! Sabe que si le da hijos a Dios se ha ganado el cariño del Espíritu superior. ¿Y usted Diana piensa estar siempre a su lado? Mire viejo yo.

Un momento. Desde hoy en adelante yo soy para ustedes Don Elías, no se les olvide. No tenga pendiente usted Don Elías, que en su futura familia yo no lo voy a molestar. Eso espero que usted no se ponga como el miércoles siempre en el medio, y a usted Don Gaby mire hacia haya ese señor vestido de Blanco lo llama. En silencio Don Gaby se acercó al señor vestido de Blanco, pocas palabras cruzaron, y cuando Don Gaby regreso donde nosotros, ya traía en sus manos el libro de la ley. Y mirando a la Gitana le dice. >> Ya yo me voy, mi tiempo aquí ya ha terminado, y tengo ordenes de entregarte el libro de la ley, tómalo, y asegúrate que la ley se cumple en el cementerio. Muy asustada Diana agarro el libro de la ley, y lo apretó contra su pecho haciendo que su espíritu se iluminara más. >> Óigame mi llave. ¿Usted cree o usted está de acuerdo que se le de tanta responsabilidad a Diana? Don Elías el Espíritu superior nunca se equivoca. Adiós hermanos.

Adiós mí llave, y cuando en tu casa estés acuérdate de mí. Poco a poco la imagen de Don Gaby, y la del señor vestido de blanco fueron desapareciendo en el firmamento. Y Diana, y yo nos quedamos mirando a la cara, pero yo suavemente tiro la botella vacía hacia un lado y le digo a la Gitana. >> tienes que portarte bien, y ser responsable de tus decisiones. No tome pendiente Don Elías, que esta Gitanilla ya aprendió su lección. No se lo prometo porque la ley nos prohíbe hacer promesas, pero en el tiempo que a usted le queda como enterrador vamos a ser muy buenos amigos. Eso espero de ti. Que no me friegues la vida, y me dejes descansar.

DON CANDELA

Pero ustedes no piensen que porque yo hablo con mis muertos es porque estoy borracho. Le juro que cada vez que voy al Último Suspiro, solamente me doy dos tragos de Aguardiente, y una cervecita para refrescar el estómago, pero lo que le voy a decir tiene mucho que ver con las locuras que algunos humanos cometemos en nombre del Amor. Resulto ser que al poco rato después que se fue Don Gaby, la gitana y yo vimos a un muerto corriendo como si estuviera loco, o estuviera buscando algo que se le perdió. Diana al verlo tan desesperado le pregunta. >> ¿Oiga maestro, se le ha perdido algo aquí en el cementerio que no lo encuentra? Mire usted mí sangre, resulto ser que. ¿Y ahora porqué para usted de hablar y me está mirando en esa forma rara? Es usted Gitana, o ya estamos en Carnaval. Mire mi niño…yo soy Gitana de nacimiento, y usted está hablando conmigo en el cementerio de la ciudad. Así que siga hablando y deje de estar mirando lo que no le conviene. Mi centenario a usted yo nunca lo he enterrado en este cementerio. ¿Y usted quién es? Yo soy el enterrador de este cementerio, y que yo sepa su familia todavía no le ha comprado ningún condominio aquí. Haber maestro como usted se llama, y trate de ubicarse en lo último que usted estaba haciendo antes de morirse. ¿Es que yo estoy muerto? Si. Y bien muertico que ésta. Y yo que pensé que me quedaba más tiempo. Mire usted mi sangre. ¡Echa… volvemos con lo mismo! Que yo sepa nosotros no somos familia, tampoco no somos parientes. No se enoje Gitana, es que mi sangre es un dicho que aprendí con una novia cubana que yo tenía. ¡¡Esa negra era puro melao de caña!! Párele. Y párele ya, y diga lo último que usted estaba haciendo cuando su cuerpo se murió. Mire mi sangre, lo último que yo me acuerdo es que yo estaba desnudo, y que mi amante también estaba desnuda. ¿Y en qué lugar estaban los dos desnudos? En la Sacristía de una Iglesia. ¿Por qué usted se niega en darme toda la información completa ya de una vez por toda? Si lo hiciera yo podría ayudarlo, y así podemos saber dónde se encuentra su cuerpo. Mi cuerpo está en la Sacristía. Lo que podemos deducir es que a usted todavía no lo han enterrado. Yo creo que no, porque ellos tenían una reunión muy importante, y el padre había mandado a Pacho para que les dijera a los fieles que la Misa se había cancelado. ¿Y usted porque esta vestida de Gitana, si no estamos en tiempo de Carnaval? Cuantas veces tengo que repetirle que yo soy Gitana, y que nací en el centro de la Guajira. Entonces usted es una Gitana de la Guajira. Aunque le sea duro creerlo soy de allá. ¿Y usted de donde es? Yo soy de Pueblo Escondido. Es un pueblito muy hermoso, y muy educativo. Y también somos muy religiosos. ¿Y a que usted se dedicaba en Escondido? Soy comerciante... y tengo un almacén, y un mercadito. ¿Dígame usted le robaba la plata a la gente en el mercadito? Quiero que sepa señor enterrador que yo soy una persona muy decente. Que yo no soy ladrón como el señor Arturo que toda la plata que tiene la ha logrado con sus negocios sucios. Así que este tal Arturo tiene más plata que usted. Así es señorita Gitana. El muy desgraciado se atrevió a mandar sus Sicarios para que me robaran en el almacén. ¿Y usted sabe porque lo hiso? No. Usted tiene primero que decírmelo para yo enterarme. Él quiere mi almacén para poner una Discoteca en Escondido. Pero eso es toda mentira porque lo que él realmente quiere poner es una Casa de Cita. ¿Y usted maestro no se lo permitió? Dios me libre mi Sangre, primero muerto. Y yo le digo que ese tal Arturo ahora va a lograr lo que quiere. Mi Sangre él no puede hacerlo, mientras yo sea el único dueño. ¡Me vale si usted ya está muerto! Pues mira que sí. En eso yo no había caído señor enterrador. ¿Dígame por casualidad usted sabe cuándo van a traer su cuerpo para acá así yo puedo darle cristiana sepultura? La verdad que yo de eso no sé nada. ¿Y en cual cementerio estamos? Este es el cementerio de Barranquilla. ¡O no, yo no creo que mi esposa Camila me entierre aquí en este cementerio! Usted puede ver Diana yo no sé porque la gente que tiene plata no quiere qué los entierren aquí. Será por lo que dicen la gente. ¿Y qué es lo que la gente dice de este cementerio? Mire usted mi Sangre, yo tengo varios amigos que viven a muy distantes desde aquí, y ellos me dicen que en esta vecindad ni los muertos pueden dormir tranquilos, porque los vecinos se acuestan tarde en la noche oyendo música, con un volumen tan alto que es bueno para los sordos. Y también me dicen que por el día los ruidos que hacen arreglando los carros, o lavándolos. Y que también pasan los vendedores ambulantes pregonando sus productos bien temprano en la mañana y para terminar le siguen los religiosos predicando en las esquinas. Así que dígame con esos ruidos que muerto puede disfrutar de su tumba. Mire usted maestro, esos ruidos son parte de una ciudad progresista, a lo mejor sus amigos son del campo, o son unos Corronchos que por primera vez viven en una ciudad tan linda que es la Puerta de Oro de Colombia. Maestro en esta ciudad hay difuntos-vivos que prefieren que los entierren en el mismo barrio donde nacieron, y vivieron, y disfrutaron su último Carnaval. Pues mi Sangre yo nunca pensé donde me iban a enterrar, y mucho menos en morirme. Maestro usted no me sorprende mucha gente como usted no piensan en la muerte, y viven cada día como si fuese el primero. Y los hay que se resisten a creer que algún día se puedan morir. ¿Mi Sangre es verdad que hay muchos espíritus que quieren regresar otra vez a su cuerpo muerto, y a la vida que tenían antes? Así es maestro. Hay muchos espíritus que se niegan aceptar la verdad que por siglos nuestros antepasados han venido diciendo que para volver a vivir tenemos que morir primero en la gracia de Dios. ¿Pero maestro dígame cuál es su gracia? Perdóneme usted mi Sangre. Mi nombre de pila es Don Candelario, pero mis amigos me dicen Don Candela. ¿Dígame Don Candela cuando fue que usted murió, y a qué hora? Hoy. Le aseguro que no hace mucho que estoy muerto. Lo que me sucedió fue qué al llegarme el momento de morir,

Pues la muerte me cogió de sorpresa, y muy desprevenido. Ya me imagino en lo que usted estaba haciendo. Pero mi Sangre. Cállese le digo. ¿Y no estaba el Ángel de la muerte a su lado? Si mi Sangre, él estaba y quería que yo me fuera con él, pero yo al ver mí cuerpo muerto, y otras cosas más que me da vergüenza decirlo me dio por correr como un loco hasta que dos hombres vestidos de blanco tropezaron conmigo, y el más viejo de los dos empezó a regañarme, pero le pregunte que se suponía que yo hiciera. Me dijo que él no podía explicarme en ese momento porque tenía una reunión muy importante en su vida. Pero tanto le insistí de qué me ayudara que me mando para aquí. Y me dijo que un viejo llave de él, y que entierra a los muertos con una botella de Aguardiente, y una gitana que tiene una Burra, ellos dos |me podían ayudar. ¿Y ese viejo como se llama? Gaby. Así me dijo Don Gaby. ¡¡Por las sales de Jerusalén!! Es que Don Gaby no tiene nada que hacer, o es que le ha tomado gusto a la vestidura blanca. No se enoje mi Sangre, es que yo siempre pensé que cuando yo muriera iba a parar al infierno. Don Candela, ese infierno que usted menciona es producto del miedo que el hombre le tiene a la muerte. Así que usted ya no tiene por qué sentir miedo. ¿Pero mi Sangre ahora que hago y para donde voy, porque si mi cuerpo no está aquí en el cementerio, porque razón Don Gaby me dijo que viniera para acá? Don Candela para yo decirle que es lo que va a suceder con usted, yo primero tengo que ver en qué forma su cuerpo murió. No mi Sangre, a mí me daría mucha vergüenza. Usted ya sabe que chismosa es la gente. Pero Don Candela acuérdese que ya usted no pertenece a ese mundo y yo necesito saber quiénes fueron sus amigos, y que sucedió por lo menos tres, o cuatro horas antes que su cuerpo muriera. Por lo prontos voy a pedirle permiso al Espíritu superior, y vamos a revisar cada uno de sus amigos y amigas más cercanos a usted. Venga usted y acérquese a mí y deme sus manos. Protestando un poco Don Candela no le quedó más remedio que hacer lo que Diana le ordenaba, y los dos poco a poco fueron desapareciendo de mi vista. >> ¡Caramba yo nunca me imaginé que uno podía regresar en tal forma! Será mejor que se esté tranquilo y vamos a ver que hacen los Gali, acuérdese que solamente tenemos cuatro horas de su pasado. Desde ahora hasta que encontraron su cuerpo sin vida. Mire usted mi Sangre. ¡No me llame más así, mi nombre es Diana! Me choca cuando me dice mi Sangre. Pero es que usted se ve muy pela, y vestida de Gitana no puedo llamarla por su nombre. Dios mío, tantas personas que se mueren todos los días y tuvo que tocarme Don Candela.

Ahora cayese y entremos en la habitación, que ellos dos están conversando. Por el Amor de Dios, Don Candela entre usted que ellos dos no nos pueden ver ni oír. De esta forma podemos saber si hay algún culpable de su muerte. La imagen de la mujer que se miraba en el Espejo con mucha pasión su esbelta figura, y haciendo gestos de satisfacción de su propio cuerpo. Cuarenta años de edad así pensaba Malvinas Huerta De Gali. >>

Malvinas por favor para ya de mirarte en el Espejo que se nos hace tarde, y el padre Rodrigo no perdona ni una ausencia. Tranquilo amorcito que todavía es muy temprano además tengo que ponerme el vestido adecuado para el día de hoy. ¿Y qué tiene de especial el día de hoy? Lo que es para mí todos los Domingos son iguales, te tienes que levantar temprano porque tienes que ser puntual en la misa. ¿Qué pasaría si faltamos los Domingos a misa? Nada amorcito, no pasa nada. Es que aquí en Escondido no hay otra cosa que hacer los fines de semanas. Ir a la Iglesia almorzar en un Restaurante, y para la casa a ver la Tele. Esta es una de las muchas razones por la cual yo quiero mudarme para Barranquilla. Es que en esa ciudad hay más ambiente, y en época de Carnaval goza uno la vida un poquito más. No insista mujer, sabes muy bien que todavía no podemos irnos. Yo no puedo dejar mis negocios que tengo en Escondido. Malvinas tienes que creerme, yo también quiero irme de aquí. Arturo yo no sé a quién tú pretendes engañar con ese sufrimiento fingido, porque en Escondido eres dueño de dos estaderos (bar) y de otros negocios sucios que tienes. Y no se te olvides que en Manizales eres dueño de las Malvinas, una de las muchas Haciendas que cosecha Café. ¡Mientras más plata tienes más quieres! Por favor Malvinas no te quejes tanto que muy bien que sabes gastarte la plata que yo me gano.

Es obvio, quien mejor que yo que soy tu esposa, la única mujer que tu adoras. La inquietante Malvinas abrazo a su esposo por la cintura y pego todo su cuerpo al de él. > > Eres como las Víboras sabes cuándo darme tu veneno, y sin embargo yo te sigo queriendo mucho más. Se está usted tranquilo Don Candela, que lo que estamos viendo no es con usted. Mire que viene una señora a tocar en la puerta. ¿Quién es? Soy yo Patricia, es que los pelaos no quieren bajar a desayunar y se les va hacer tarde para la misa. Poniéndose un camisón Malvinas se disponía a salir de la habitación sin escuchar las protestas de su esposo. > > Ve usted mi Sangre, la servidumbre siempre interrumpe los momentos íntimos de los patrones. ¡Y usted Don Candela si no se calla la jeta yo le voy a interrumpir su vida! Usted solamente mire, oiga y no opine. Pero Malvinas como puedes irte y dejarme así. Amorcito si esta noche regresas a la casa temprano si puede ser, pero ahora tenemos que ir a la iglesia. Muy enojado el señor Arturo no tuvo otra opción que meterse en la ducha mientras su esposa ponía orden a sus hijos. > > Vamos a ver si se están tranquilos. Tú lucerito como eres la hembra y mayor que tu hermano tienes que bañarte primero. Y tú Arturito tranquilízate porque tú papá te va a dar una limpia. Tan pronto como tu hermana termine entras tú y te bañas. Yo voy a estar en la cocina ayudando a Patricia, así que más les vale terminar rápido. Malvinas salió de la habitación de los pelaos y se encamino hacia la cocina bajo la constante mirada de Diana, y Don Candela. > > ¿Usted tuvo alguna relación con la señora Malvinas? Mi sangre por favor, porque tengo que hablar de estas cosas si ella y yo solamente fuimos íntimos amigos.

Mire Don Candela la verdad lo salva, y la mentira lo mete más en las tinieblas de una muerte eterna. ¿Gitana porque usted es tan radical? Cuando usted habla en esa forma tan afirmativa me da mucho, pero mucho miedo. Le hablo así porque yo también sufrí en carne propia el placer de la carne, y no se me haga el bobo que usted sabe muy bien de lo que le estoy hablando. Mientras que Diana pasaba trabajo con Don Candela, la hermosa Malvinas entraba en la cocina. > > ¿Ya fuiste a comprar las empanadas? No se te olvide que Arturo le gusta el tinto (café) bien cargadito. Si señora, ya el desayuno está listo. ¿Patricia y a ti que te sucede, te noto muy triste? Es que mi hijo ha estado bebiendo mucho últimamente. Eso no es nada nuevo en Pachito. ¿Don Candela quien es Pachito? Es el Amante de Malvinas. Él es el Amor de su vida, y también es el terror de los hombres casados. Nunca se me presento la oportunidad de matarlo, condenado lisiado tiene algo dulce con las mujeres. Usted Candela es mejor que ya olvidé eso porque ustedes dos siempre anduvieron juntos en las parrandas, y fueron compinches en la maldad. ¿Mi sangre y usted como sabe todo eso, quien se lo dijo? No hagas tantas preguntas necias y pongamos atención de todo lo que ellas están hablando. Patricia yo no sé porque tu sufres tanto, si pachito siempre ha tomado Aguardiente. Pero es que ahora lo hace más seguido que antes. Por favor hable usted con él. Yo sé que él le hace caso, y la quiere mucho. ¡Mentira! Yo soy la que lo quiere a él. Si él me quisiera como usted lo dice nunca hubiese permitido que yo me casara con Arturo. Pero fue usted quien escogió Arturo como esposo. Y que otro remedio me quedaba si ya tenía un mes de embarazo, y Pachito no me resolvía nada, y Amor con hambre es algo serio y muy feo. Él estúpido de Arturo tiene mucha plata y me adora, por eso acepte casarme con él y usted Patricia no tiene ningún derecho a reclamarme nada porque han pasado muchos años, y muchas cosas y todavía esta es la hora que usted no se ha atrevido a decirle a Pachito que usted es su verdadera mamá. Es muy probable que un día de estos yo se lo diga. No señora Malvinas, usted no va a decirle a Pachito tal cosa, porque yo no quiero que él sepa que su mamá es una sirvienta. Entonces cállate la boca y no te metas en mis cosas porque si Arturo se entera que tú eres la mamá de pachito de seguro que te corre de la casa. Patricia bajo la cabeza y se sentó en una silla, mientras que Malvinas se acercó a la puerta de la cocina y miro hacia el pasillo para ver si su esposo ya venía. Toda la casa estaba en silencio entonces Malvinas regreso al lado de Patricia. > > Tú sabes muy bien que todavía yo quiero a Pachito, y que no encuentro la forma de olvidarlo. Solamente tú y el padre Rodrigo saben que Lucerito es hija de pachito, y no de Arturo. No es mi culpa que Pachito y yo no estemos casados. Entonces señora Malvinas no lo busque más, no lo sonsaque que él también la quiere mucho. ¿Dime tú de qué manera lo olvido, o es que tú no te das cuenta que tenemos una hija que se parece tanto a él en todo?

Como si fuese fácil dejar de Amar al hombre que una desea tener entre las piernas para toda la vida. ¿Y Arturo, es que acaso tu no Amas Arturo también? Con Arturo es diferente porque con él ya me acostumbré por necesidad. Patricia tú también eres mujer y tienes que comprenderme que a Pachito lo veo de vez en cuando, pero Arturo siempre lo tengo a mi lado y tú tienes que comprender que yo soy una mujer joven y que siempre voy a necesitar a un hombre que me haga sentir que estoy viva. ¡¡Pero qué mujer más violenta!! Don Candela va usted a empezar otra vez. Usted tiene que guardar sus opiniones para otro momento, porque nosotros no hemos venido a socializar a nadie, solamente queremos saber la verdad. Las palabras de Malvinas hicieron que Patricia se pusiera de pie, y que muy cerca de su cara le gritara. > > Señora Malvinas usted tiene sentimientos enredados. Cuando una trata de tener control sobre el hombre que uno quiere eso no es Amor, eso se llama miedo. Y usted tiene miedo de perderlos a los dos, y esa es la razón por lo cual usted los tiene amarrados con el placer de su cuerpo. Y ellos dos como perros de casa que son siempre regresan a comer la comida que usted les da, aunque sea la misma comida. Hasta que un día los dos peleen por usted y uno de ellos mate al otro, y usted buscara la forma de acostumbrarse con el que quede vivo porque al fin de cuentas usted no quiere a ninguno de los dos. La señora Malvinas mantenía su boca abierta al oír en la forma que abiertamente Patricia le hablaba. Y con palabras entre cortadas le contesta.> > Cállate Patricia, y deja tus lamentaciones para otro día y termina de poner el desayuno en la mesa que de seguro mi esposo ya termino de vestirse. ¡Y no se te olvide que aquí en mi casa tu solamente eres la sirvienta, y que te puedo poner de patitas en la calle! Así que no me provoques. Arturo y su familia se sentaron a comer en el lujoso comedor de la casa, mientras que Patricia en silencio les servía el desayuno. > > ¿Papi ya sabemos que tú quieres mucho a lucerito, pero y a mi tú me quieres? Si Arturito, y yo quiero que tú estudies mucho para cuando tú seas grande, y yo este viejo te hagas cargo de mis negocios. Basta ya de preguntas necias y terminen de desayunar que se nos va ser tarde para la misa. Señor Arturo. ¿Qué quieres Patricia? Habla y mira que estamos apurados. Señor los mismos dos hombres que lo buscaban ayer, están allá afuera preguntando por usted. Gracias Patricia, dígales que enseguida voy a verlos. Si señor con su permiso. Te tengo dicho que no hagas ningún negocio aquí en la casa y mucho menos el Domingo. Lo que es contigo Arturo no se puede llevar ninguna vida social. Vamos niños que siempre somos los últimos en llegar a la Iglesia. Patricia dile al chofer que ya nos vamos. Si señora enseguida se lo digo. Sin contestarle a Malvinas ya que ella lo había dicho todo, Arturo salió por la puerta de la cocina y llamo a los dos hombres que se encontraban esperándolo en el frente de la casa. > > Les tengo dicho que no vengan aquí. A mi esposa no le gusta que yo resuelva mis negocios personales en la casa.

Mire usted Gitana esos son los sicarios que me robaron. ¿Y ellos lo mataron? No. No fue así como usted piensa. Aunque usted se niegue a decir en la forma que murió, la verdad siempre se descubre, porque es más fuerte que su silencio. Ahora vamos a seguir a Malvinas hasta la Iglesia. Es muy probable que ahí este la verdad desnuda. Mire Don Candela no se me resista y deme sus manos que falta menos que cuando empezamos. Ahora dejemos Arturo que siga hablando con sus sicarios. Patrón usted perdone, pero hace días que queremos verlos y siempre se nos pierde. Tiene que decirnos que usted ha decidido hacer. El viejo Don Candela se niega venderme el almacén así que desde ahora en adelante por las noches ustedes se meten en su almacén y le roban la mercancía. Tienen que robarle barias veces hasta que el decida vender. Acuérdense que no quiero muertos, ni heridos. Es muy importante que parezca que es un robo de poca importancia. Aquí tienen la Plata prometida, y no me fallen. No se preocupe patrón que al señor Candela no le va a quedar ganas de tener otro almacén. Eso yo espero porque ese condenado viejo es muy terco. Y ese lugar se presta muy bien para mis negocios, así que vamos a ver si hacen el trabajo con mucho cuidado. Mientras que el señor Arturo se

ponía en común acuerdo con sus sicarios la señora Malvinas
llegaba a la vieja Iglesia del pueblo, situada en la plaza de
Escondido. >> Venga usted Don Candela, vamos a seguir a
Malvinas. ¿Es necesario que yo regrese a esa Iglesia? Si. Y no
se preocupe que todo lo sucedido ya quedo grabado en su
conciencia para el resto de su vida eterna. Así que deme su
mano y vamos porque el tiempo es Oro para usted. ¡Por fin
llegaste! Le grito Anita a su amiga Malvinas. >> Creía que ya
no venias a la misa. Es que Arturo está muy ocupado. ¿Y los
Islas ya llegaron? No. Todavía no han llegados, pero no han
de demorar en estar aquí ya tú conoces a Narcisa, esa vieja no
se pierde un Domingo de misa. Aunque éste muerta es capaz
de venir en espíritu. Por favor Anita no menciones esas cosas.
Mira Malvinas, ya viene tu eterno Amor. En una forma irónica
Anita apuntaba con un dedo hacia la esquina del Colegio. >
> Por favor Anita no señales hacia él, fíjate que la gente nos
puede estar mirando. ¿Don Candela, y ese tipo es el terror de
los Maridos? Por favor, mire que nadie se lo va a creer. Mire
usted Gitana, será mejor que usted le pregunte a Malvinas
que es lo que ve en Pachito. Caminando sin dirección, y todo
doblado de las piernas y los brazos, Pancho Islas, Pachito
como lo llaman de puro cariño las muchachas de Escondido.
Sonreía y saludaba a todas las que pasaban por su lado. > > Yo
sé Malvinas que dicen que el Amor es ciego, pero tú te pasaste
de la raya. ¿Qué es lo que tiene el lisiado de Pachito que te
gusta tanto? Mira Anita no preguntes demasiado que un día
de estos lo vas a saber. Buen día MALVI, y a usted también
señorita Anita.

Muy alegre Pachito las saluda. Pero en una forma agresiva
Malvinas lo garra por un brazo y le dice. > > Escúchame
bien Pachito. Te tengo prohibido que me llames MALVI

delante de mis amigos. Yo no sé qué es lo que te pasa porque tú serás un lisiado, pero de loco no tienes nada tu eres tan cuerdo como los demás. Señora GALI. Así es como tienes que llamarme entiéndelo de una vez por todas. Para mi tu siempre serás mi MALVI. ¡Por Dios Pachito no te vuelvas estúpido! Sin hacerle caso a los reclamos de Malvinas, el alegre Pachito siguió caminando. hacia la entrada de la Iglesia con su alegre sonrisa, y saludando a todos los conocidos especialmente las pelas. > > ¿Qué le dijiste? Que no me llame MALVI; que yo soy la señora GALI. Míralo como va coqueteándole a todas las pelas. ¿Malvinas a ti porque te molesta lo que él hace, total pariente tuyo no lo es? Fíjate que para caminar no levanta los pies más bien los arrastra un poquito. Es verdad que es alto y fuerte, y de cara un poquito bonitico, pero el condenado tiene buena labia para conquistar a las mujeres. ¡¡Anita, quieres callarte la boca por favor, cualquiera que te oye diría que tu estas estudiando anatomía!! Por Dios Malvinas no te pongas celosa, pero yo tengo que descubrir porque Pachito te gusta a tal extremo que eres capaz de pelear por él. ¡A lo mejor el muy condenado es sabroso en la cama! Fíjate Anita en las pamplinas que estás hablando, porque no sabes lo que estás diciendo. ¿Qué gritos son esos, señora GALI? Disculpé usted doña Narcisa no me di cuenta de su llegada, y entre mi amiga Anita y los pelaos me ponen muy nerviosa. ¿Le puedo pedir un favor? Por supuesto que sí, diga usted doña Narcisa en que puedo ayudarla. Haga usted el favor y no moleste más a mi hijo Pachito. Por su culpa mi sobrina Milagrito no ha podido casarse con él. Sin esperar contesta de Malvinas, doña Narcisa prosiguió su camino hacia la entrada de la Iglesia, sujetándose del brazo de su sobrina Milagrito. >> Parece que el señor Pachito es muy solicitado. Por favor Anita, como es posible que doña Narcisa pretenda casar a Pachito con esa cincuentona. Tómalo con calma mi querida Malvinas, porque la tal Milagrito no está mal para Panchito. Por atrás se puede mirar que tiene buen cuerpo, y además es señorita. Porque yo sepa la tal Milagrito nunca se ha casado. Para ya Anita, que tus estudios humanos no son de mi agrado. Por favor Malvinas no me grites que ya viene la esposa de Don Candela. Don Candela así que esta tremenda mujer es su esposa, y es muy hermosa. Pero mi sangre yo no tengo la culpa de haber nacido tan provocativo. Don Candela míreme que yo le estoy hablando. Ya puedo ver que usted no es diferente a otros hombres, no quiere a su esposa y está enamorado de otra más fea porque lo cuida, y lo trata mejor que su esposa. Por favor Gitana no me trate así. Don Candela que dese tranquilo y vamos a oír lo que hablan. Cruzando la calle, y luciendo una mini falda que le llegaban un poquito más arriba de sus rodillas, mostrando sus solidas piernas en una belleza natural de la mujer costeña. La esposa de Don Candela sonreía a todos los que la detenían para saludar su belleza.

Y también para mirar su hermoso cuerpo. > > Buen día tengan las dos. Muy buenos Camila. Solamente le contesto Malvinas, ya que Anita voltio la cabeza mirando hacia la Iglesia. > > ¿Qué te sucede Camila, te noto muy preocupada? Es que hace dos días que no veo a Don Candela. Y estoy muy pendiente tengo miedo que le suceda algo. Bueno yo creo que a lo mejor el señor Candela se echó su escapadita. Anita por favor cállate la boca. Malvinas no sé qué pensar desde que mi marido regreso de la Guajira me ha estado diciendo que no se siente bien. Sin poderse aguantar un minuto más Anita le dice a Camila. > >. Lo siento mucho por ti Camila, pero todos los hombres son igualitos. Se van de vacaciones solitos y cuando regresan vienen con el truco de que están enfermos, lo que sucede es que ya no quieren acostarse con una. Naturalmente la otra lo dejo agotado y sin Plata. A mí me sucedió por eso prefiero estar sola. Camila muy enojada le contesta Anita mirándola a la cara. > >. Te equivocaste Anita, a lo mejor eso te sucedió a ti porque no tienes nada que ofrecer en tu cama. Pero yo si tengo mucho que ofrecerle a mi Candela, por eso siempre regresa a mi cama buscándome. Pasándose las manos por su trasero, Camila prosiguió su camino hacia la Iglesia moviendo sus caderas en cada pisada que daba. > >. Mi querida amiga Anita, me alegro que alguien como Camila se haya atrevido hablarte en tal forma. Por qué la verdad últimamente quien no te conoce diría que tú les tienes odio a los hombres. A no ser todo lo contrario que estás arrecha porque hace tiempo que no te acuestas con un hombre. Y yo te digo Malvinas, que esa maldita Camila me las va a pagar todas las que me ha hecho. Yo se algo de ella y se lo voy hacer saber a todo Pueblo Escondido. ¿Anita y que secreto tú sabes de Camila? Sujétate por que te va a dar un ataque de nervios por lo que te voy a decir. Tu amigota Camila es amante de Pachito. ¿Estás bromeando o lo dices para molestarme? Yo no tengo motivos para molestarte, pero dos veces que he ido al Motel que está en la autopista me encontré con Camila y Pachito, y ya tú sabes que en ese Motel no se va a descansar. ¿Anita dime una cosa, y tú con quien estabas ese día en ese Motel? Malvinas, no te preocupes con quien yo estaba, eso es asuntos privados míos. ¡¡Y yo te digo que los asuntos de Camila también son privados para ella!! Don Candela ya puedo darme cuenta porque ya usted no gusta de su amigo Pachito. Sin embargó siguieron siendo amigos de la misma calaña. Gitana usted me está tratando muy mal. No se sienta tan ofendido Don Candela, porque tan pecadora es su Camila como lo es usted. Por lo pronto sigamos mirando y escuchando todo, pero si de algo estamos seguro es que su amigo Pachito hasta ahora no lo mato. Mientras los dos muerticos seguían investigando la repentina muerte de Don Candela, las dos amigas Anita, y Malvinas entraron en el santo recinto, y se sentaron en la segunda fila de la derecha mirando hacia el Altar. La mirada de Malvinas recorrió todo el Altar hasta que tropezó con la mirada de Pachito que con sus manos lisiadas arreglaba las flores.

Pero sucedió que Camila se levantó de su asiento, y se acercó a Pachito y empezó ayudarlo con el arreglo de las flores > >. Míralos Malvinas, ahora te das cuenta de lo que te dije. Cállate Anita, porque no te voy hacer caso. Buen día tengan muchachas. Buen día tenga usted señorita Laura. ¿Y sus padres como siguen de la gripa? Muchas gracias Malvinas por preguntar, pero ellos siguen con la gripa un poco mejor aún qué no pudieron venir a misa. Ustedes ya saben la edad que tienen. Las dos mantuvieron silencio sin preguntarle nada más a la joven maestra cuarentona que se sentó a su lado izquierdo, y que le dice > >. Mira para atrás Malvinas, tú esposo acaba de llegar con el señor alcalde y familia. No quiero ni verlo. Siempre llega tarde y me deja en ridículo. Se cree muy importante. Malvinas nosotras siempre como que le tiramos a los hombres quizás por costumbre, pero la verdad siempre andamos atrás de ellos. Malvinas, y Anita se quedaron asombradas al oír las palabras de la seño Laura, las tres se miraron > >. No sé porque ustedes se asombran de mi opinión. Porque nunca la hemos oído hablar así de los hombres, y porque usted nunca se ha casado y tampoco se le ve con ningún novio. Malvinas es verdad lo que ustedes dicen, pero eso no quiere decir que no pueda hacerlo el día que se me antoje. ¿Entonces usted no es señorita? Pero Anita que imprudente eres, ese tipo de pregunta una se la reserva. No te preocupes Malvinas que Anita no es la única imprudente que me ha hecho esa pregunta. Tenlo por seguro que si yo digo que soy señorita nadie me lo va a creer. Es mejor que dejemos esta conversación para más tarde, después de la misa si quieren seguimos hablando del mismo tema. Como usted diga seño Laura. ¿Qué sucede con el padre Rodrigo ya es hora que empiece la misa de hoy, y ahora para donde va Pachito? Tranquilízate Malvinas, que de seguro el padre necesita de él para que lo ayude en alguna cosa. Te digo Anita que tengo el presentimiento que algo ha sucedido en la Rectoría. Querida Malvinas será mejor que controles tus nervios, mira que tú esposo se nos está acercando. Mira Anita ahora ese Monaguillo se lleva a Camila para la Rectoría. ¿Malvinas, que le pasa al señor cura? No sabemos nada querido, pero todas vamos a ver qué es lo que sucede en la Rectoría. Tendido en el suelo, y cubierto con una sábana blanca se encontraba un cuerpo de un ser humano, mientras sentada en una silla Camila lloraba y de vez en cuando sollozaba. Todos entraron bruscamente y frenaron frente a un doctor que examinaba el cuerpo >>. Él pobrecito era tan bueno. ¿Por qué tuvo que morir así? ¿Pero quienes, y que le pasó? Anita fue la primera que pregunto, y Pachito le contesto > >. Es Don Candela, y el pobre está bien muertico. Padre Rodrigo, diga usted que ha sucedido. Malvinas lo único que puedo decirte es que VERTILDA encontró a Don Candela tendido atrás del sofá. ¡Es que ella lo mato! Por Dios Anita, hija no diga eso. VERTILDA no es capaz de matar a nadie. Ella solamente vino a limpiar la Rectoría como lo hace todos los fines de semana.

Padre Rodrigo usted no le haga caso Anita, yo estoy segura que el señor doctor encontrara el motivo de la muerte de Don Candela. Y tú Pachito diles a todos que la misa de hoy ha sido cancelada porque el padre Rodrigo no se siente bien. ¿Y si no quieren irse que otra mentira les digo? Pachito diles lo que tú quieras, pero si no se van para sus casas le puedes decir que yo te voy a matar. A buen entendedor pocas palabras son suficientes, y Pachito salió rápido de la Rectoría al ver el enojo de Malvinas, que también le ordena al padre Rodrigo > >. Padre es mejor que usted se esté tranquilo porque me parece que esto va ser para todo el día. Es cierto lo que dice la señora GALI, la muerte de Don Candela es algo serio y debemos tener calma. Así dijo el Galeno, y Anita muy desesperada por saber le grita > >. Mire doctor, diga ya de una vez de que murió Don Candela. Don Candela murió por falta de respiración mejor digo le falto aire en los Pulmones y oxigenó en el Cerebro causando un paro del Corazón. ¿Quiere usted decir que lo mataron? Si. Y no. ¡Por favor doctor explíquese mejor! Mire Gitana, mejor nosotros nos vamos. ¿O es que usted no se da cuenta que mi espíritu quiere regresar a su cuerpo? Pues aguántese como los machos porque yo también quiero saber en qué forma usted murió. Mi sangre a mí me da mucha vergüenza todo esto. Don Candela ahora no se me haga el inocente porque usted si sabía que estaba traicionando a Camila. Y le vuelvo a repetir que se calle la boca que yo quiero ver y oír todo lo que sucedió con usted. La señora Camila me acaba de informar que su esposo siempre ha padecido de alta presión sanguínea después de hacerle un ligero examen he podido comprobar que Don Candela murió en el preciso momento cuando estaba teniendo sexo con otra persona. ¿Con una mujer, o con un hombre? Por favor Anita cuantas veces te tengo que decir que cierres la boca. Eres una imprudente haciendo esas preguntas. Y yo le digo señorita Anita que cuando Candela murió estaba teniendo sexo con una mujer. El pobre por lo menos fue con una mujer que tal si hubiese sido con un hombre tremendo escandaló que se hubiese formado en este momento. ¿Anita que es lo que estas insinuando de mi Candela? Nada. Por favor Camila vuélvete a sentar solamente se me ocurrió decir eso. Pero la seño Laura rápidamente sujeta a la viuda por un brazo y tranquilamente le dice > >. Ven Camila y siéntate, que yo estoy segura que aquí todas pensamos de Don Candela igual que tú, y nuestra amiga Anita sabe muy bien que Don Candela era todo un macho. ¡¡¡Verdad Anita!!! Si. Si como usted dice seño Laura. Anita muy pálida se arrimó a la pared y mantuvo silencio en ese preciso momento hiso su entrada el Capitán Manuel Campana jefe de la policía, y lo acompañaba su joven esposa > >. ¿Doctor porque usted no me llamo a mi primero, o es que a usted se le ha olvidado que yo soy la máxima autoridad en el pueblo? Mi Capitán Campana, eso mismo pensaba hacer ahora mismo, pero hay un pequeño problema mi Capitán. ¿Y cuál es ese pequeño problema mi doctor?

Lo que sucede es que estas mujeres están discutiendo la integridad sexual del Difunto. Lo que ustedes estén hablando aquí no es nada comparado con lo que ya se habla en el pueblo así que por favor miren por las ventanas. Pero si toda la gente del Pueblo está esperando afuera en el sardinel (acera) así es seño Laura, y entre ellos se corre la noticia de que una mujer maniática, violo a Don Candela, lo mato, y después escondió el cuerpo del delito. Así que de esta habitación nadie sale hasta que se sepa cuál de ustedes es la violadora criminal. ¡Don Candela usted murió en esa forma! Qué vergüenza señorita Gitana, ahora que no tengo mi cuerpo usted puede entender porque yo no quería regresar. Por favor Don Candela lo único que yo puedo ver es que usted era muy solicitado por las mujeres, así que no me interrumpa que todo esto se está poniendo muy interesante. Con una leve sonrisa en su cara la joven Gitana volvió a ponerle atención a todos los que se encontraban en la habitación > >. Perdone usted Manuel. Capitán Manuel Campana, no se le olvide señora GALI disculpe usted Capitán Campana, pero usted no puede acusarme de violar a Don Candela cuando el doctor acaba de decir que Don Candela murió teniendo sexo con una mujer, y le advierto que yo soy una dama muy decente, y casada en esta Iglesia. ¿Arturo es que no me vas a defender? Pero Malvinas, para el Capitán no es su deseo ofender a nadie. Fíjate que su hermosa esposa Asunción se encuentra aquí entre nosotros. ¿Qué usted pretende insinuar señor GALI? No se enoje mi Capitán, pero si mi esposa es sospechosa la de usted también lo es. Como yo represento aquí la ley, les ordeno que mejor nos sentemos todos alrededor de la mesa que está en la antesala de la Corte Civil, y así podemos mejor resolver este crimen. De ninguna manera yo me voy a sentar con ustedes. Pero padre Rodrigo. Conmigo no hay peros que valga Capitán. Don Candela sufrió una muerte natural, y así ha de ser mi reporte al señor Obispo. Capitán le dejo la mesa, pero yo no soy participante. Como usted ordene padre. Todos llegaron a la ante- sala de la Corte Civil con cuatros ventanas anchas, dos de cada lado, y con una mesa larga hecha de Caoba, y las sillas también. El Capitán pidió de favor que todos se sentaran. En el lado izquierdo de la mesa y mirando hacia el Parque, se sentaron. (1) Arturo > (2) Malvinas> (3) Lucerito> (4) Anita > (5) Asunción (6)

El Capitán en una esquina de la mesa. En el lado derecho se sentaron (7 VERTILDA> (8) Doctor> (9) Milagrito > (10) Laura > (11) Camila > (12) Pachito...la otra esquina de la mesa quedo vacía ya que el padre Rodrigo no quiso asistir al Juicio del pecado natural. Doce personas se sentaron en la gran mesa de madera, de Caoba pura >>.

Un momento Gitana. Ya lo que van a discutir mis amigos es el presente. Pero Don Candela usted no se ha dado por enterado que su muerte no le dio tiempo para arrepentirse de sus pecados. Si ese es el problema, punto. Yo me arrepiento... ya podemos irnos de aquí. No...no y no. El arrepentimiento no funciona así con puras palabras, es algo más profundo que el ser humano tiene que buscar dentro de su conciencia. Y nosotros no nos vamos de aquí hasta ver y oír el final del motivo de su muerte. Vamos a escuchar lo que cada uno tiene que decir de usted, o de ellos mismos. ¿Malvinas donde esta Arturito? Amorcito él se fue con doña Narcisa a comprar unas gaseosas (refresco). Lo siento mucho pero no pueden regresar. He dado la orden a mis policías que no permitan la entrada de nadie. Lo felicito Capitán, es una buena estrategia. Muchas gracias doctor. Muy bien ya podemos empezar. Por favor Capitán primero tengamos un momento de silencio por el Alma de mi amigo Don Candela. Por mí no hay ningún inconveniente. ¿Pachito y eso se demora mucho? Por favor Anita es solamente un minuto, como le hacen en los partidos de Futbol. Todos se pusieron de pie. Hicieron un minuto de silencio, pero ninguno cerro sus ojos > >. Muy bien. Empecemos por usted señora GALI. ¿Capitán porque yo tengo que ser la primera si su esposa Asunción también estaba en la Iglesia? Le hago saber Malvinas que mi querida Asunción no se separó de mí lado ni un instante. ¿Y quién asegura eso? Yo soy el Capitán y mi palabra vale, señora Malvinas no se le olvide que yo represento aquí la autoridad, y soy el único que hace las preguntas porque me da la gana. Estoy de acuerdo en todo lo que usted dice mi Capitán, pero primero fíjese que hay sentados cuatro hombres, y ocho mujeres, y cualquiera de nosotros pudo haber tenido sexo con Don Candela. No necesariamente tenía que haber sido una mujer. ¿Doctor, usted qué opina de lo que yo digo? Usted está en lo cierto señora Malvinas, pero tengo entendido que los hombres que estamos sentados aquí... yo me refiero que ninguno de nosotros somos homosexuales. ¿Y porque no? Grito Anita >>. Porque nosotros somos muy machó. Contesto Arturo >>. Puras palabras, el hombre de hoy siempre está diciendo eso, pero cuando la mujer le pega los cachos lloran como un niño recién nacido. Así dijo Laura >>. Seño Laura yo nunca he llorado por una mujer, más bien ellas me lloran y me suplican que las quiera. Sin embargó señor Arturo usted demuestra ser un hombre inseguro de usted mismo. Usted no tiene ninguna habilidad para conquistar una mujer señorita porque le falta lo más básico, que es el romanticismo. Usted señor Arturo de romántico no tiene nada. ¿Malvinas porque no me defiendes, porque te quedas callada? Porque la seño Laura te ha dicho la verdad, tú de romántico no tienes nada. En todos estos años que tenemos de casados nunca has tenido un detalle conmigo. ¡¡Nunca, y toda la Plata que te he dado!! Por favor Arturo eso no es un detalle de enamorados. Tú lo que eres un buen proveedor para tú querida esposa, pero de romántico no tienes nada.

Por favor yo creo que esta conversación no es buena para Lucerito. Dijo Pachito >>. ¿Y tú quién te crees que eres para opinar lo que no le conviene a mi familia? Mira a este. No te creas que te tengo miedo, yo soy tan hombre como tú. Por favor en el nombre de la ley cálmense ya. Mire Capitán Campana, mi hija Lucerito se queda sentada donde está por qué lo digo yo que soy el padre. ¡No se parece a usted! ¿Señora Camila que usted esta insinuando? Nada. Solamente digo que Lucerito para ser tu primera hija a usted no se parece en nada. ¿Es que acaso por obligación el primogénito tiene que parecerse al padre? Bueno Arturo ahí murió, olvida lo que dije. Camila para mi es mucho que usted dude de mi integridad como padre de Lucerito. Por Dios hablemos de lo que nos interesa. Dijo el Capitán Campana >>. Rápido VERTILDA ve a la entrada a lo mejor ya trajeron las Gaseosas. Si mi Capitán, enseguida voy y regreso. Por favor estemos tranquilos en lo que regresa VERTILDA. ¿Y usted doctor no piensa casarse? Todos voltearon sus cabezas para mirar a Milagrito que le hacia la pregunta al doctor >>. Señorita Milagrito es que todavía no he encontrado a la mujer adecuada que se ajuste a mi diario vivir. ¿Dígame doctor, a usted le gustan las mujeres? Por favor Milagrito ninguna mujer le hace esa pregunta al hombre. Esta usted equivocado doctor, eso no se hacía cuando nosotros teníamos diecisiete años de edad, pero hoy la hacemos para no equivocarnos por qué hay mucha gente que se le moja la canoa. ¡Y usted doctor me gusta mucho! El doctor palideció un poco por las insinuaciones que le hacía Milagrito >>. ¡Hay Milagrito, pero que barbará eres! Y nosotras que te creíamos una tímida. Exclamo Anita >>. Basta ya de tantos reclamos entre ustedes. Les advierto que esto no es un acto social. Una de ustedes violo y mato a Don Candela, y yo no me voy de aquí hasta que sepa quién es la culpable. Mi Capitán aquí no hay ningún crimen. Le contesto Laura >>. Solamente ha sucedido que un marido decidió pegarle los cachos a su mujer, y al pobre tipo le fallo el Corazón en el momento criticó del gozo. Seño Laura, por favor mire que no quiero olvidarme que usted es una gran Educadora. Tampoco se olvide Capitán que también soy mujer, y que me siento viva, y con muchas ganas de tener un verdadero hombre a mi lado. Ustedes los hombres se creen que las mujeres que pasamos de los cuarentas no sufrimos cuando vemos a ustedes lo muy machos corriendo atrás de las pelas, así como su esposa Asunción. Y cuando ellas le pegan los cachos bien pegaooo, enseguida vienen buscándonos para calmar sus penas, y nosotras de pendeja que siempre caemos en el mismo error. Así que yo me niego terminantemente justificar a Don Candela. ¿O es que acaso no es verdad que al momento de su muerte estaba cometiendo tres pecados? (1)> Dejo a su esposa Camila por otra mujer, segundo hiso el sexo en la casa de Dios. Tercero y habiendo tantas formas para morir tenía que morir en pleno gozo personal. Mire usted Capitán, todas estábamos en nuestros hogares y llegamos a la Iglesia a las nueve de la mañana, y el difunto ya tenía sus horas de muerto.

¿Entonces seño Laura si usted es tan inteligente dígame quien mato a Don Candela? No sea usted estúpido Capitán, yo no puedo decirle quien mato al ya difunto por la sencilla razón que nadie lo mato. Don Candela murió, y le vuelvo a repetir que murió en el momento criticó del gozo sexual. Ahora sí le puedo decir que probablemente a usted solamente le quede una testigo de lo sucedido. ¡¡¡Y quién es esa testigo!!! Todos exclamaron juntos > >. Cállense todos que yo soy el que hace las preguntas. ¿Dígame seño Laura, quien es esa testigo? Esa testigo es VERTILDA, la sirvienta del padre Rodrigo. ¡¡¡VERTILDA!!! O se callan o los calló de una vez.

Aquí están las Gaseosas (refrescos) mi Capitán. Señora GALI su hijo quiere entrar. Aquí no entra nadie, que se espere. Y usted VERTILDA siéntese. Como usted ordene mi Capitán. Seño Laura. Mande usted Capitán Campana. Le concedo la palabra para que usted le haga las preguntas a la testigo. Ponga atención Capitán, si esto no tiene ciencia. VERTILDA di con todo detalle todo lo sucedido entre el difunto y tú. Si seño Laura, pero yo le juro que yo no tuve la culpa que mi Candela se muriera arriba de mí. ¡Desgraciada maldita, así que fuiste tú! Camila déjala que hable que tú entre las Vírgenes no eres una santa. Sigue hablando VERTILDA. Mi Candela y yo hace dos años que nos Amamos profundamente sin que nadie nos descubriera. Cuando la señora Camila salía sola a pasear él siempre me llevaba a su casa, especialmente la que tiene en la playa de Salgar. O algunas veces me llevaba a la casa que tiene la señora Camila cerca del Cementerio en Barranquilla. ¡¡Eres una perra arrecha!! Miren lo que hiso mi marido. El muy desgraciado la paseo por todas mis casas, y tuvieron sexo en mi propia cama. Lo que se merece es que se queme en el infierno, y que le den candela de poquito a poquito para que su espíritu sufra. La seño Laura se levantó de la silla y se acercó a Malvinas y le dijo suavemente > >. Ves Malvinas. Hay muchos hombres que son así como el difunto Candela, pero no todos son cortados con la misma Tijera. Cuando una mujer toma un hombre como marido tiene que domesticarlo porque es un Caballo sin frenos, después que su Caballo aprende cuales son las reglas del matrimonio, entonces una nunca suelta el Látigo de la mano. Y tú Camila ya aprendiste la lección. La que con Hierro mata, también con Hierro muere. Pero seño Laura, yo que pensaba que mi Candela era un santo. Pero te juro mal nacido, y animal muerto que voy a ir a la Guajira y le voy a preguntar a un Indio Brujo, como yo me puedo vengar de tu espíritu. Y si hay alguna forma te lo juro maldito Candela que le voy a pagar bien a ese Brujo, pero tú no vas a disfrutar de tu tumba fría porque esa va a ser mi venganza. Gitana mejor nos vamos de aquí, y mucho más lejos mejor. Don Candela quédese tranquilo donde está que ya sabemos de qué usted murió. Le sugiero que no tenga miedo porque eso es algo muy negativo para un espíritu.

¿Usted cree que Camila pueda vengarse de mi estando yo muerto? Don Candela el Brujo de magia negra es un ser tan malvado que ha vendido su propia Alma a lo más profundo de la oscuridad en cambio de tener poderes malignos, el cual usa en sus perversas Brujerías. Y debido que usted Candela traiciono, y fue traicionado, pero a usted no le importo nada de eso, y se dedicó a vivir los placeres mundanos a tal extremo que ahora su espíritu se ha puesto a pensar qué si desde aquí se puede hacer y disfrutar el sexo como cuando su cuerpo estaba vivo, y le repito Don Candela esos pensamientos malignos que usted tiene quizás le dan placer, pero lo retiran más y más de la luz divina. Así que piense bien lo mejor que le conviene y no se equivoque otra vez. Ahora cállese y pongamos más atención de lo que ellos están hablando. De una vez por toda Camila, deja que VERTILDA termine de hablar. Y tú VERTILDA habla ya que todos nos queremos ir para la casa. Mi pobre Candela siempre que estábamos desnudos en la cama me decía todo lo que oía hablar en su negocio. ¡Viejo chismoso! Anita no interrumpas. El pobre muy temprano vino donde mi porque estaba desesperado quería tener sexo conmigo, y la verdad en ese momento yo no quería, yo no tenía ganas porque me pase toda la noche con Pachito. Todos miraron a Pachito >>. hay Pachito tu si eres un come callao, antes de anoche te acostaste conmigo, y anoche con VERTILDA. Dijo Milagrito, pero de pronto y sin avisar Malvinas se á puesto de pie y le propina una sonada cachetada a Pachito haciéndolo estremecerse >>. ¿Y ahora porque tú le pegas a Pachito? Déjame tranquila Arturo, que a ti nunca te ha importado. Querida Malvinas ya podemos continuar. Si seño Laura, ya me siento mejor. Por favor VERTILDA sigue hablando. Como les iba diciendo el pobre de mí Candela vino desesperado y me dijo que desde que está tomando unas pastillas azules que le recomendó un amigo que vive en Miami, pues siempre anda arrecho como un animal. Me juro que solamente la tomaba cuando quería estar conmigo solamente. ¡Desgraciado viejo, con razón nunca se sentía cansado teniendo sexo! Todos miraron Anita > >. Cuando tu aprenderás a cerrar la Jeta (boca). Sigue hablando VERTILDA. Si seño Laura, mi Candela y yo empezamos frente al Altar, y fuimos a dar al sofá de la Rectoría, y cuándo la cosa estaba mejor, usted sabe cuándo una se siente más sabrosa mi Candela pego un gemido y cayó arriba de mí. Cuando sentí que no se movía lo llame por su nombre y no me contesto. Y lo que pesaba el condenado no sabía cómo quitármelo de encima, si una parte de su cuerpo estaba arriba de mí, y la otra parte de su cuerpo estaba entre mis piernas. Yo no sé de dónde saque fuerzas y de un jalón caímos al piso, entonces era yo la que estaba arriba de él. Poquito a poquito fui separando sus piernas hasta que pude despegarme de él. Y por miedo de que me echaran la culpa de su muerte se me ocurrió decirles que lo había encontrado muerto atrás del sofá, pero seño Laura yo le aseguro que yo no lo mate. Tuvo que haber sido las ganas que él siempre me tenía…

Aunque muchas veces me dijo que su esposa se acostaba sin darle nada de nada. ¿El muy desgraciado te dijo eso? Si. Y también me dijo que usted prefería acostarse con Pachito y no con él. ¡Ha…desgraciado Candela! Solamente por andar de hablador me voy a demorar en enterrarte para que seas un muerto apestoso, y en vez de hacerte un velatorio voy a hacer una tremenda Cumbiamba con Aguardiente para que todo Escondido se divierta, y después voy a ver en que Cementerio inmundo te entierro, pero primero voy hacer que tu espíritu me tenga miedo. Yo presiento que tú me estas escuchando todo lo que estoy hablando así que Candela prepárate por que tu espíritu no va a tener descanso. No me importa dónde te hayan puesto porque mi venganza es para siempre. Y quiero que sepas que voy a seguir acostándome con tu mejor amigo, tu querido Pachito, y si puedes verme vas a sufrir cuando veas mi cuerpo desnudo y vas a decir todo eso era mío, y no quiero que nadie lo disfrute. Desgraciado hiciste bien en morirte porque ahora me toca a mí disfrutar del sexo por la libre. ¿Camila ya terminaste de desfogarse? No se preocupe seño Laura, que ahora es que estoy empezando. Entonces Capitán, ya usted pudo oír y ver que no hay crimen, ni criminal que perseguir. Está bien seño Laura por favor no prosiga, pero de todas maneras el doctor tiene que levantar un acta de defunción. ¿Entonces de que murió mi amigo Candela? Todos miraron a Pachito muy enojados, pero la seño Laura le contesta > >. Pachito parece que tu cuerpo estaba aquí, pero tu mente estaba en otra cosa. Es que yo estaba mirando a mi MALVI. ¿Qué estás diciendo idiota? Levantándose de la silla Arturo agarro a Pachito por la camisa haciendo que se estremeciera y que cayera al suelo, pero Malvinas acudió rápido en su defensa obligando Arturo que lo soltara > >.

¿Por qué lo defiendes tanto, o no oíste como te llamo? ¿Y a ti porque te molesta que Pachito me llame así, sin embargó tú te acuestas con mis amigas y yo no te reclamo nada? Por favor Malvinas dile a este idiota toda la verdad. Por favor Malvinas dile al estúpido de tu marido toda la verdad. Y tú Anita de una vez y por todas cállate la boca, o yo misma te la cierro. A que no te atreves hacerlo, mira que ya yo estoy cansada que tú me mandes a callar la Jeta cuando a mí me da ganas de hablar. Y te lo voy a decir total que tú no eres mi familia. Es verdad que tu marido se ha acostado conmigo un montón de veces, y cada vez que lo hacemos el muy idiota me dice que yo le gustó mucho más que cuando lo hace contigo, pero el muy desgraciado se ha puesto hablar muy mal de mí entre sus amigotes, por eso yo si le voy a decir a todo Pueblo Escondido que Lucerito no es hija tuya, y que el verdadero padre de la pela es Pachito. Malvinas tienes que aclarar esto. Diles a todos que Anita es una Bruja que está mintiendo. Malvinas miro Arturo, y con un tono de burla le dice > >. Querido cuando tú te casaste conmigo ya tu sabías que yo estaba preña de Pachito. Pero Malvinas tu y yo quedamos de acuerdo que nadie lo iba a saber. Querido entre el Cielo, y la Tierra no hay secretos. ¡No sé por qué me haces esto cuando yo te doy todo lo que me pides! Querido el tamaño importa.

¿Qué estupideces estas diciendo? Querido no es ninguna estupidez que a la hora de hacer el sexo el tamaño es muy importante. Pero si tu no me crees pregúntales a todas ellas para que tu veas que están de acuerdo conmigo. Arturo no tuvo necesidad de preguntar todas afirmaron que sí, haciendo un gesto con la cabeza. Arturo mi Amor para ustedes los hombres también es muy importante el tamaño, porque a ustedes no les gustaría que nosotras hablemos muy mal de lo que ya tú sabes. Todas ustedes lo que son una partida de enfermas sexuales. No te aflijas querido, pregúntale al doctor si es verdad o mentira lo que te estoy diciendo. Antes de contestarle a Malvinas, de un solo trago el doctor se tomó la Gaseosa que le quedaba en la lata > >. SICOLOGICAMENTE. Se supone que el hombre cuando por primera vez va a tener sexo con una mujer, no quiere que esta mujer piense que él lo tiene pequeño, por qué eso le causaría a él un malestar mental hasta el punto de crearle un trauma, o una impotencia temporal. SICOLOGICAMENTE. En la mujer es diferente. Ya que si ella esta saludable puede repetir el Orgasmo sin necesidad de descansar entonces sucede que cuando el hombre descansa cinco, o diez minutos ellas se sienten vacía, de ahí viene el estado mental para ellas tener que esperar por el hombre. Si es más grande mejor. Si es más grande se sienten llena. Si es muy pequeño se sienten vacía. O no lo sienten. Pero la verdad es que cuando dos cuerpos van a tener sexo se unen y se olvidan del tamaño, y si hay Amor toda falta se perdona. ¡¡¡Oooh no, el tamaño importa!!! Todas gritaron lo mismo haciendo que el doctor se callara > >. Me permiten hacerle una pregunta al doctor. Dijo Milagrito acercando más y más su cuerpo al doctor > >. Por favor Milagrito sea usted breve en su pregunta, porque ya yo quiero irme de aquí. No doctor de esta mesa solamente se va mi hija Lucerito porque es menor de edad. Pero mami yo no quiero irme para mi casa. Yo quiero saber porque ustedes dicen que este lisiado es mi papá. Lucerito no discutas más y levántate, ya que esta conversación es para adultos solamente. Hija vete. Cuando estemos en casa yo te explico todo. Está bien yo me voy, pero yo no soy boba yo sé muy bien de lo que ustedes están conversando, y ahora mismo se lo voy a decir a todos los que están afuera, y también se lo voy a decir a mis amigos. Muy enojada Lucerito salió corriendo dejando a los adultos en silencio > >. Muy bien ya mi hija se fue, ahora si pueden hacerle todas las preguntas que quieran al doctor. Milagrito le vuelvo a repetir sea usted breve con su pregunta. ¿Dígame doctor, porque los hombres se vuelven locos acariciándome los senos? Es que por naturaleza algunos hombres fueron criados con leche materna por su propia madre, pero otros llevan consigo mismo un trauma de haber sido abandonado por la madre, o que fueron traicionados por las mujeres que tanto amaron en su juventud. Señorita milagrito pórtese usted como una dama que es. Cayese usted mi Capitán. Mire el escote que su mujer luce para venir a misa. Todos cambiaron la mirada hacia Asunción > >.

Es que en esta forma me siento muy cómoda. Doctor yo quiero saber porque el desgraciado de mi marido Candela, y que nunca encuentre paz en el infierno. Y que teniéndome a mí que tengo de todo prefería complacer a VERTILDA y Anita, y yo que era su esposa una vez en cada Luna Llena. ¡Pero Anita tú también caíste en los brazos de ese viejo! Cállate Arturo. Tú no tienes nada de que reprocharme y te hago saber que Don Candela era un buen Amante y una persona muy educada. Y ese viejo como tú lo llamas era un infierno en la cama, tu sin embargo eres más rápido que la luz eléctrica. Herido en su integridad de hombre Arturo se puso de pie he intento agredir Anita. > >. Tranquilo Amorcito que tú no eres el último Refresco de estas tierras. Le dijo Malvinas a la vez que lo obligaba sentarse otra vez > >. Ahora me toca hacerle una pregunta al doctor. Dijo la seño Laura > >. ¿Dígame doctor, si antes la mujer cometía más adulterio que el hombre, porque en estos tiempos los hombres son más adúlteros que las mujeres? No es fácil contestarle esa pregunta sin que usted se sienta ofendida. Pero sin embargo siempre se ha dicho que debido a que el hombre trabaja más horas fuera de la casa que la mujer y Morfeo lo duerme, y tiene muy poco tiempo para complacer a la mujer sexualmente, pero el hombre joven de hoy exige más sexo de la mujer y las prefieren que tengan mucha plata porque no quieren tener responsabilidades. Pero el hombre viejo de ahora si tiene Plata en el Banco, y es dueño de propiedades no le importa el qué dirán, ni nada, ni nadie con tal de poder tener sexo con las mujeres jóvenes que siempre ha soñado tener frívolamente. Yo creo Malvinas que es suficiente todas las estupideces que hemos hablado aquí mientras en la Rectoría hay un muerto que ya apesta. Si Arturo, vamos para la casa, total ya sabemos que a Don Candela nadie lo mato, y si en esta mesa hay algún hombre santo que levante la mano. Yo levanto mí mano. ¿Por qué tu Pachito? Mi MALVI porque yo nunca he cometido pecado de conciencia. ¿Doctor es así como se dice? Si Pachito. Por favor siga usted hablando. Todas ustedes vinieron a mi cama y no fue por Amor. Solamente por pura curiosidad tan pronto supieron que mi MALVI y yo teníamos relaciones sexuales, y que yo soy el verdadero papá de Lucerito. Ustedes se jactan diciendo que yo lo tengo así, y asado. Pero lo que ustedes andan buscando es una disculpa para sus pecados. Porque la verdad es que en la cama yo me comporto como un Amante normal, y no soy menos ni más que otro hombre normal. Miren ustedes que la repentina muerte de mi amigo Candela las tomo de sorpresa, y así como tuvieron sexo conmigo también lo tuvieron con él. Y estoy seguro que con él también disfrutaron el momento y no les importo nada, por qué en ese instante llegar a la meta es el gozo final del placer, porque lo demás no importa. Si por casualidad ante los ojos de los hombres yo he cometido pecado corporal la culpa es de ustedes por disfrutar de mí cuerpo enfermo. Pero yo en mi condición de hombre paralitico, todas ustedes fueron mías como un regalo de Dios.

Miren hacia la calle, está llena de gente esperando que yo salga, unos para felicitarme otros de chismosos. Pero este es mi Pueblo, y ellos son mi gente. Sin embargó yo estoy seguro que a ustedes las están esperando para tirarles huevos, y tomates por dejar caer su Amor propio, y tener una moral muy dudosa. Pero yo estoy seguro que la moral, y decencia de la mujer de Pueblo Escondido se mantiene a la altura de cualquiera civilización en este mundo. ¿Pero ustedes siete de que saco (bolsa) de papas salieron que están tan podridas de pecado? Pachito, pero ustedes los hombres también so tentadores. Dijo VERTILDA > >. Lo que yo piense referente a la mujer solamente Dios puede juzgarme. Y te digo VERTILDA, que yo nunca tirare la primera piedra porque yo estoy consciente que una mujer me pario, aunque haya sido engendrado por un hombre que nunca ha querido saber si estoy vivo, o muerto, pero también en este mundo que vivimos la mujer siempre ha vestido más sexualmente que el hombre, porque en su cuerpo hay más cualidades hermosas que cuando el hombre las ve enseguida nos transformamos en el sexo más débil del mundo, y muchas veces nos hace olvidar quienes somos, y de quien procedemos. ¿Dime VERTILDA, yo estoy seguro que tú siempre le decías a Don Candela donde tenían que verse? Si. Algunas veces. Pero parece que a mi amigo Don Candela se le fue la mano con las pastillas, o las consumió con otras que él ya tomaba. Mi Capitán Campana, yo le pido permiso para retirarme de esta mesa total Candela se mató el mismo buscando la fuente de su juventud perdida. Ahora si les digo una cosa yo admiro a las mujeres de la Costa, que el noventa por ciento de ellas llegan a la edad de los sesenta y cinco años o pasan, y si alguna de ellas pierde el apetito sexual aceptan lo que no pueden cambiar y son felices. A todo lo contrario del hombre Costeño, es el hombre que sufre cuando le llega esa edad, y el mero hecho de ser hombre no acepta la impotencia sexual y busca enseguida cualquier tipo de ayuda. Es verdad que a todo ser humano se le debe de respetar por su preferencia sexual sin embargo todas ustedes que son un montón de papas podridas han aprovechado la muerte de mi amigo Candela para sacar a la luz del día todos los pecados que hicieron en la oscuridad de la noche. Empujando la silla hacia atrás Pachito poco a poco pudo ponerse de pie, pero Malvinas rápidamente le dice > >. Tú no puedes irte y dejarme sola con esa turba de jóvenes locos que son capaces de matarnos. Mi MALVI, yo nunca te voy a dejar sola porque tú me has convertido en un pecador. Tu eres parte de mi Alma, sin ti no tengo vida, y contigo me muero de poquito a poquito. Mi Capitán. Todos se pusieron de pie al ver al joven policía que había llegado llamando al Capitán. ¿Qué es lo que quieres? Le manda a decir el señor alcalde que en cinco minutos termine lo que está haciendo, de lo contrario queda despedido. Y que ahorita lo quiere ver en la oficina. Dile al alcalde que no tenga ningún pendiente que ya voy a verlo.

Señora Camila no habiendo crimen, ni asesina que arrestar hare mi reporte en común acuerdo con el doctor. Yo le doy permiso para que usted le dé cristiana sepultura a su Candela. No se preocupe que ya se lo que voy hacer con su cuerpo. Le voy a pagar mucha Plata al enterrador de un cementerio para que haga un hoyo de veinte pies de profundidad a ver si tiene suerte el muy desgraciado y llega al infierno. ¿Gitana y ahora que va ser de mí? Mire usted Candela lo que le sobra es tiempo para arrepentirse de sus pecados, aunque el Sol no se puede tapar con una mentira usted ahora debe de poner de su parte y arrepentirse en verdad y justicia, porque después de la trasformación que tuvo su cuerpo ahora no hay marcha atrás para su Alma. Solamente hay algo que me tiene con pendiente. Si su amigo Pachito se llega a mudar para la casa que era de usted. La que está aquí cerca del cementerio. Su espíritu siempre va estar tentado a visitarlo, porque el perro viejo siempre tiene malas costumbre, y usted a pesar de ser un espíritu normal tampoco es un santo que digamos. Vamos para el cementerio cuando su cuerpo este enterrado su espíritu se va sentir mejor, y va a pensar mejor de todos los hechos ocurridos de lo que fue su vida carnal. Diana volvió agarrar las manos de Don Candela y fueron desapareciendo poco a poco > >. ¡Pero ya están de regreso! ¿Oiga señor enterrador, es que ya se le paso la borrachera? Pues mire que yo no estaba borracho es que en este cementerio últimamente hay mucho trabajo. ¿Y usted para que lado del cementerio piensa enterrarme? Porque de seguro que mi esposa Camila quiere enterrarme rápido. No tenga ningún pendiente que ya su esposa me llamo por Teléfono. La pobre lo quiere mucho. Fíjese que me ofreció cincuenta mil pesos si yo le echaba un poco de concreto arriba de su cajón. ¿Amigo Candela cuál es su apuro si de todas formas los gusanos se van a dar tremendo festín? Señor enterrador le pido que tenga un poco de respeto para mi cuerpo. Mire mi vale, no se enoje conmigo porque ya usted me cae muy bien, y le tengo un espacio cerca de la capilla. ¿Y esta noche donde voy a dormir? ¿Es que acaso usted tiene sueño, se siente usted cansado, le duele algo? No. Pues mire lo único que siento es una sensación rara que me ha molestado todo el día. Mire vale lo que le sucede es que ya usted no tiene su cuerpo para hacer las cosas que hacía antes, y ahora si quiere hacer algo tiene que hacerlo con el pensamiento propio. Es mejor que me ponga a caminar un rato, a ver si me entra el cansancio y me da sueño. Pero vale mire que usted es terco, o bruto. En el mundo que ahora usted está más nunca sentirá cansancio, tampoco sueño. Lo mejor que puede hacer es sentarse debajo de este Laurel porque Diana no lo va a dejar salir hasta que sea las nueve de la noche porque aquí hay que respetar la ley. ¿Cuál ley, es que acaso después que uno muere también le ponen la numero dos? Usted tiene que decirme cual es la numero dos, porque esa si no me la sé. Mire señor enterrador no se haga el bobo conmigo que la numero dos es o lo tomas o lo dejas.

¿Es que acaso nadie protesta en este cementerio, o es que hay alguien o algo que tenemos que temerle? Mire vale deje esas preguntas para la Gitana, ella si puede contestarle todas sus preguntas. Yo estoy muy viejo para ponerme hacerle caso a todas sus lamentaciones. Usted tiene obligación de escucharme porque usted es el que me va echar la tierra cuando mi cuerpo este en la tumba. Don Candela no me ponga de mal humor, mire que su esposa ya me tentó con la Plata y soy capaz de echarle concreto en su tumba. Usted no tiene idea cuantas botellas de Aguardiente me compraría con ese montón de Plata que Camila me ofrece. Espere que su cuerpo este en la tumba y le aseguro que poco a poco va a ver las cosas en diferente forma. Yo no quiero ningún cambio en mi vida. Como usted puede pensar que una joven Gitana con palabritas suave puede cambiar mi vida, si yo soy así es porque Dios me quiere en esta forma. Yo les voy a enseñar a ustedes aún que no tengo mi cuerpo mi espíritu si puede subsistir además bastante trabajo que pase para conseguirme dos mujeres como Camila, y VERTILDA. Ellas son mis mujeres y Pachito no tiene ningún derecho de quedarse con ellas como si yo estuviera muerto para toda la eternidad. Mire vale, si usted no estuviera muerto entonces no hay por qué enterrar su cuerpo. Señor enterrador me es duro creer que uno se muere, y por la simple razón que uno tuvo sexo con dos mujeres vaya uno a parar a un campo de prisioneros como si uno hubiese cometido un crimen mortal. Me duele mucho decirle Don Candela que usted no puede estar en la Gloria de Dios mientras su espíritu siga insistiendo en el placer mundano que es el sabor de la carne humana. No se olvide lo que dice el libro santo, "la sangre ni la carne no pueden heredar el reino de Dios". Pues yo le digo que en ningún momento sus palabras me han asustado, y como Dios nos ha dado pleno albedrio para escoger yo me quedo aquí en este mundo, y no me importa a quien no le guste. A mí nadie me manda ya yo estoy muy mayorcito para saber lo que quiero, y lo que me gusta. Yo me voy y mañana regreso a mi entierro. Don Candela rápidamente busco la salida del cementerio sin hacer caso de los gritos de Don Elías, y a las advertencias de la Gitana que se manifestaba > >. No lo deje salir porque se puede quemar. Don Elías, a él no le va a pasar nada. Él rompió la barrera con su decisión de quedarse en este mundo lleno de llanto y dolor, y donde las penas se multiplican cuando uno cae en pecado mortal. ¿Dónde usted cree que él ira ahora que puede andar por las calles de Barranquilla libremente? Lo más probable es que va directo a ver a su viuda. Pero él todavía no sabe cómo comportarse sin su cuerpo. Pero ya encontrara quien lo enseñe. ¿Usted cree que pueda encontrar a alguien que lo enseñe? Si. Porque este mundo está lleno de espíritus que se niegan aceptar el Reino de Dios, por qué no quieren pasar el trabajo de arrepentirse y les es más fácil andar ambulando, y molestando a los que todavía tienen su cuerpo.

Pero usted no se preocupe Don Elías, que yo presiento que Candela va a regresar muy pronto donde nosotros a menos que se encuentre con un maestro muy inteligente. Como siempre lo ha hecho la Gitana despacito dejo solo al enterrador, mientras que Candela caminaba de un lado al otro frente al Estadero el último Suspiro, pero se detuvo de momento para ponerle atención a un hombre joven que le preguntaba algo referente a su entierro > >. Mire señor usted tiene que asegurarse que de verdad lo han enterrado. Porque ya enterrado su espíritu queda limpio de toda carne, y usted no le va apestar a nadie. Hágale caso a Romero que sabe mucho de estas cosas. ¿Joven dígame una cosa, cómo usted sabe que yo estoy muerto si apenas esta mañana tuve esta experiencia de saber que se siente cuando uno se está muriendo? Mire Candela yo soy un muerto que sabe muchas cosas que le puedo enseñar si usted me hace varios favores. En esa forma que usted tiene para hablar yo antes la he oído. Pero en fin ya puedo darme cuenta que usted joven conoce mi nombre, pero yo no lo conozco a usted. Romero del Huerto, esa es mi gracia para servirle a usted y a la Virgen. ¡Ya…ahora si se quién es usted! Usted habla igualito que la Gitana que hay en el cementerio. Eso quiere decirme que usted es un Gitano muerto. ¿Dígame que es lo que quiere de mí? Yo necesito entrar en ese cementerio porque tengo que hablar con mi carnal Diana. Fíjese usted que ya son dos favores los que usted quiere. Pero usted puede entrar por la puerta como yo lo hice. Yo no puedo hacerlo el Espíritu Superior me lo tiene prohibido. Entonces usted hiso algo muy maluco. Es que después que uno renuncia a la Gloria de Dios, así como usted lo hiso, nos hacen saber y ver muchas cosas que no podemos hacer y la ley del Altísimo hay que respetarla. ¿Dígame joven cuándo fue que usted se murió? Hace un poquito más de doscientos años. Joven Romero, no le parece a usted que se está excediendo un poco en los números, porque yo lo veo demasiado joven. Don Candela el espíritu nunca envejece. ¿Y de qué forma usted murió? Pero Candela es que a usted no le basta con saber que soy un muerto igual que usted. Por favor no quiero que me haga tantas preguntas y dígame si me va ayudar o no. Joven Romero bajo presión mucho menos yo copero, así que no me grite que usted no es el único que se ha muerto en este mundo. ¿Así que usted joven Romero dígame que es lo que quiere proponerme? Pues mire Candela en el mundo de los muertos favor con favor se paga, y usted Candela escogió vivir entre nosotros por lo pronto usted necesita alguien que le enseñe lo que usted no sabe, y tiene que aprender. A buen entendedor pocas palabras bastan. Usted joven Romero quiere ser mi maestro. ¿Y si yo no quiero? Si usted no quiere yo no puedo obligarlo. Pero en la oscuridad, lugar donde no hay luz divina hay algunos seres que tienen más poderes que nosotros y siempre andan pescando Almas perdidas, y sin experiencia, así como usted Porque en este momento usted no sabe qué hacer en este nuevo mundo,

En el cual usted vino a caer por su terquedad, y se le olvido que el Altísimo es el creador de todo en la vida desde el principio del mundo. Tenga usted mucho cuidado Candela, que yo Romero del Huerto me pase treinta años de esclavo en manos de un Brujo Hechicero, que se aprovechó de mi inocencia, y poca experiencia de la vida espiritual. Muy bien

Romero, supongamos que yo estoy de acuerdo con usted. ¿Por dónde empezamos? Primero Candela, en el mundo de los muertos donde nos encontramos todo es si- no. Entre nosotros nada puede quedar en ya veremos, o en dudas. Porque en la misma forma que yo puedo leer su pensamiento, también usted puede leer mi pensamiento ya que tenemos el mismo tipo de energía espiritual. Solamente dígame si, y es un compromiso entre muertos que los dos contraemos. Está bien Romero. Si. Si quiero que sea mi maestro espiritual. Es suficiente con eso, y yo le contesto si Don Candela, yo Romero soy su maestro espiritual. Primero antes que todo usted tiene que aprender que todas las cosas que hay en el mundo material ninguna le pertenece. ¿Entonces un muerto no puede ser dueño de nada? No. Porque cuando usted toma posesión de algo que le pertenece a un ser encarnado, el Altísimo le hace usted pagar una por una alejándolo más y más de su Gloria Espiritual. Y usted con cada acto pecaminoso se hunde más y más en la oscuridad donde solamente hay mentiras, y llantos de las Almas que sufren en vida la equivocación de haber escogido las penumbras teniendo la luz divina frente a sus ojos. Usted joven Romero me la pone maluca. Candela por favor, mire que yo pensaba igual que usted, y después que el Brujo Hechicero me echo para un lado tuve la gracia divina de toparme con un ser encarnado que me enseño el camino hacia la luz de Dios. Y me dijo que por mis obras así yo he de ser juzgado. Como usted puede ver cuando alguien me hace una pregunta yo siempre le contesto con la verdad que me libera de toda mentira. ¿Joven Romero porque usted es un Gitano serio y sin felicidad, parece que lo único que a usted le queda es la sabiduría adquirida en los doscientos años que tiene de muerto? Hermano Candela cuando mi espíritu estaba encarnado, quiero decir cuando mi cuerpo estaba vivo con mi espíritu y joven en años, yo tuve la torpeza de caer en pecado mortal. ¿Y qué tan grave fue lo que hiso? Yo mate a una joven de mi raza por celos, y después yo mismo me quite la vida. ¿Dígame porqué ese Espíritu Superior no lo ha perdonado? Para yo recibir el perdón no es suficiente que yo lo pida solamente mis obras pueden salvarme de una muerte eterna, y aquí hermano Candela el tiempo no se mide tampoco se compra, así que yo tengo una vida eterna para demostrar que de verdad estoy arrepentido por todo el mal que hice. Mire joven Romero no se ponga triste que mañana usted y yo entramos en el cementerio, para mirar como ese borracho enterrador me entierra. No se le olvide hermano Candela, que yo me cuido mucho en no caer en desobediencia, yo solamente le puedo decir lo que se me está permitido decirle.

Pero joven Romero, este mundo de los muertos es más complicado y peligrosos que el de los vivos. ¿Joven Romero tiene que haber alguna forma que yo pueda regresar a mi cuerpo antes que lo entierren? Hermano Candela no la hay. Después que su cuerpo muere queda como un envase desechable que no le sirve a su espíritu para nada, además su espíritu tiene que seguir su curso ya dictado por el Espíritu Superior. Usted Candela es un espíritu con suerte porque su cuerpo murió con un agravante que usted no esperaba, y yo le puedo asegurar que sus pecados no son tan graves por lo tanto yo le recomiendo que esta noche regrese al cementerio y no vaya a ver a sus amigos porque ellos si se están profundizando en el pecado del sexo. Y no se olvide lo que está escrito en el libro santo. "Dime con quién andas y te diré quién eres". Joven Romero le vuelvo a repetir que cuando usted habla se da un parecido a la Gitana del cementerio. ¿A qué tribu de Gitanos pertenecen ustedes? Hermano Candela en el lugar que estamos no hay tribus, tampoco religión. Solamente hay dos cosas para escoger, la Gloria de Dios que es La luz Divina, o la muerte eterna que son Las Tinieblas de la Oscuridad. Por favor regrese al cementerio que yo estoy seguro que Diana lo está esperando con mucha alegría. Joven Romero se me hace que ya usted conoce a esa Gitana primero que yo, porque en ningún momento yo he mencionado el nombre de ella y ya usted se lo sabe de memoria. Mire joven Romero, hablando y hablando y no nos dimos cuenta que estamos frente del cementerio. Venga vamos entrar. No hermano Candela, yo no puedo entrar esta noche, mañana si puedo entrar en el cementerio porque usted me invito a su entierro. ¿Pero después que mi cuerpo este enterrado que va a pasar con mi espíritu? Tranquilo hermano Candela, mire que usted es dueño de su conciencia. El día siguiente llego rápido para Don Candela, y su cuerpo que también llego al cementerio, pero ni Pachito tampoco la viuda se encontraban en el entierro, el resto de las amistades ya estaban preocupados por su ausencia, entonces Anita se le acerca a la seño Laura y le dice. > > Esa es la única y mejor venganza de una mujer, pegarle los Cachos al marido el mismo día y hora de su entierro, y con su mejor amigo. ¡¡Que barbará es Camila!! Anita o te callas o yo soy capaz de romperte la jeta (boca). Te das cuenta Milagrito como son algunos hombres que no respetan ni a los mejores amigos muerto. Cuando te cases con el doctor te voy a llevar con la negra Alicia, para que te arregle (embruje) el doctor. Así le hablaba Narcisa, a su sobrina Milagrito. > > Que vergüenza joven Romero, ahora toda Barranquilla, y Escondido se van a enterar que sucedió el día que me enterraron. No se preocupe hermano Candela, que ya usted dio el primer paso para su salvación. ¿Y tú que haces aquí en el Cementerio? Mi sangre este es mi entierro, y quiero asegurarme que todo esté en orden. Don Candela no le estoy preguntando a usted. Diana yo estoy aquí porque mi hermano Candela me invito a su entierro. Será mejor que cuando todo termine salgas del cementerio.

No se te olvide Diana que una vez que estoy dentro del Campo Santo tengo derecho a que tú me escuches mis clemencias, y eso está escrito en el libro de la ley. Ya yo me imaginaba que estos dos se conocían de antes, pero por estar pendiente de mi entierro no me di cuenta. Don Candela no sea usted chismoso y atienda su entierro mire que un policía está hablando con Don Elías. Mejor nos acercamos para oír lo que dicen. ¿Qué es lo que sucede señor policía? Es que han encontrado a la viuda, y a otro hombre abrazados en la cama, y en la propia casa del difunto. Y cuál es el problema, porque eso no es nada raro. Pero es que usted no entiende que una mujer de nombre Malvinas le formo tremendo escandaló y al llegar los agentes del orden a todos se los llevaron presos. Y ahora la gente está comentando en las calles el entierro del Difunto Cachón. Y ahora joven Romero ya que mi entierro termino que va ser de usted si tiene que irse para la calle. Mire Don Candela no es algo que está en mi conciencia. Pero Romero es mejor que salgas del cementerio, no tienes nada que hacer aquí. ¿Qué sucede Gitana porque odias tanto al joven Romero, quiero saber la verdad? Don Candela, la verdad es que Romero es el culpable que yo esté aquí en este cementerio. Él fue quien me hiso pecar y después mato mi cuerpo en plena juventud. Pero Diana ustedes dos me han enseñado que perdonando y haciendo buenas obras se gana la Luz Divina, y tu joven Romero no hace mucho me dijiste que después que nuestro cuerpo muere no hay regreso por lo tanto ustedes tienen que perdonarse primero para poder alcanzar el perdón de Dios. Romero hace tiempo que yo te perdone, pero ahora que te vuelvo a ver mi espíritu se encuentra turbado. Diana yo también te he perdonado. Y a la vez pido misericordia al Altísimo por todo el mal que te he causado. Diana por favor dejen de hablar tanto y mira esos dos seres que te están esperando. Don Elías apuntaba con un dedo hacia el árbol de Laurel donde dos hombres vestidos de Blanco esperaban a Diana que rápidamente se les acerco y al escuchar tres palabras de uno de ellos, enseguida ella se devolvió a donde estaban Don Elías, Don Candela, y Romero del Huerto y les dice. > > Romero ya mi hora ha llegado. Ya me voy. Romero toma el libro de la ley, ahora te toca a ti. Te han hecho responsable de hacer valer la ley en el cementerio. Pero quiero que sepas que en mi Alma no hay resentimiento hacia ti porque te quiero igual como aquel día que me hiciste tuya por primera vez, y perdóname por todo el mal que te cause. Sin esperar contesta de Romero del Huerto la joven Gitana se acercó otra vez a los dos hombres vestidos de Blanco, y todo su espíritu brillo con una luz divina que caía del cielo haciéndolos desaparecer > >. Oiga joven, a usted yo no lo conozco y tampoco lo he enterrado aquí. Perdone usted hombre, pero mi gracia es Romero del Huerto para servirle a usted y a la Virgen. Yo soy Elías el enterrador de aquí. Me parece que usted es muy joven para tanta responsabilidad. Usted perdone Don Elías,

Pero mi cuerpo solamente tenía veinticinco años de edad cuando murió hace más de doscientos años, y mi espíritu no tiene edad porque nunca va a envejecer y mi sabiduría espiritual la tengo gracias a mis pruebas materiales, y también por mis obras. Pero usted es el mismo retrato de la Gitana que se fue. ¿Don Elías ya usted termino de hacerle todas las preguntas al joven Romero? Don Candela a mí no me gusta que cuando yo estoy conversando con un espíritu decente venga otro y me corte de tal manera como usted lo acaba de hacer. Yo espero que usted no me dé problema de ninguna clase. ¡Ha se me olvidaba decirle que yo no tengo la culpa que la gente en la calle diga que usted es el Difunto Cachón! Y Don Elías yo le hago saber que hay probabilidades que yo me quede en este Cementerio por un largo tiempo. ¡Qué le parece la nota! Por favor ya paren la discusión. Tiene usted razón joven Romero. Pero ahora contésteme esta pregunta. No se cohíba en preguntarme lo que usted quiera hermano Candela, que si la contesta me es permitido no vacilare en decirle solamente la verdad. Joven Homero no sé porque me es tan difícil conversar con usted cuando siempre dicen la verdad y no se molestan en decir una mentira piadosa, aunque sea una sola mentira piadosa para confortar a los que padecemos de estrés, ansiedad, inquietud, y agotamiento espiritual. Hermano Candela solamente los espíritus de pensamientos débiles buscan la mentira como una excusa a su débil comportamiento, Pero diciendo mentiras es la forma más fácil de caer en las garras del mal ya que su Príncipe siempre ha dicho mentiras en la Luz, como en las Tinieblas donde vive Porque esa es su especialidad para engañar a sus seguidores. Pare usted joven Romero, que todavía yo no le hecho la pregunta y ya usted se parece a esas personas que se paran en las esquinas y quieren leer el libro santo completó en diez segundo. No se le olvide hermano Candela que usted acepto que yo fuese su mentor, y guía espiritual. No tenga ningún pendiente joven Romero, que eso yo no lo he olvidado. Pero mi pregunta es para usted. ¿Qué usted sintió cuando le estaba quitando la vida a Diana, y porque no tuvo tiempo de arrepentirse en el preciso momento antes de hacerlo? Miré hermano Candela, primero me dije muchas veces. Si no es mía no va ser de nadie. Ese fue mi primer pensamiento negativo porque eso no es Amor, es un pensamiento egoísta o machista. Dos minutos después de haberla matado sentí mucha tristeza al darme cuenta del mal que yo había hecho, y en mí surgió un dolor muy profundo. Salí huyendo hacia el monte para que mis hermanos de la tribu Gitana no me mataran y me escondí en una cueva muy solitaria. Entonces en mi propia soledad me dije para que voy a seguir viviendo si ella ya no está en este mundo. Hermano Candela ese fue mi segundo pensamiento negativo. Porque uno tiene que amar a Dios como así mismo, y por eso y muchas cosas más no me di cuenta de lo que hacía. Tan pronto vi la luz de este lado "El Ángel de la Muerte" me estaba esperando y me dijo…

Tomaste una decisión muy equivocada, y derramaste la sangre de otro ser humano como la tuya también, como la sangre, ni la carne pueden heredar el Reino de Dios, solamente un arrepentimiento de conciencia te puede salvar de una muerte eterna. Cuando me di cuenta en donde me encontraba solamente pude decir "Dios mío que es lo que yo he hecho" pero no tuve contesta y todo fue un silencio, y aquel Ángel fue desapareciendo de mi vista y las tinieblas volvieron a cubrir mi espíritu. Me senté en el suelo, pasado un tiempo relativo me di cuenta que no sentía hambre, tampoco sed y que no me daba sueño, pero tampoco me sentía cansado y que si pensaba positivo las Tinieblas se alejaban de mí. Así poco a poco me fui dando cuenta que yo no tenía mi cuerpo, pero que estaba vivo. Me levanté del lugar donde yo creía que me había sentado y me puse a caminar y también me di cuenta que estaba caminando en el aire y de mi entendimiento salieron estas palabras "Dios mío yo quiero vivir" y lo que quedaba de las Tinieblas rápidamente se retiraron de mi lado y mi espíritu se llenó de una energía brillante y divina. Entonces todo se despejo a mí alrededor y yo pude ver las casas de mi pueblo, y también los campos. Y con mi espíritu lleno de alegría le jure a Dios que Romero del Huerto se va a portar mejor, y que dedicaría el resto de mi existencia amarlo, y adorarlo. Mire usted joven Romero sus declaraciones son muy elocuentes, pero usted no me ha dicho si tuvo oportunidad de arrepentirse en el preciso momento de ponerse la soga al cuello. Hermano Candela esa parte de mi suicidio nunca se lo voy a decir por qué es un secreto de confesión entre el suicida y Dios. ¡¡Es que ustedes dos no me comprenden, yo no entiendo porque el mundo acepta el secreto de confesión cuando Dios nos da pleno albedrio de hacer con nuestras vidas lo que nos de las ganas!! Hermano Candela, usted tiene el derecho de opinar lo que quiera, pero en el mundo materialista miles de seres humanos se quitan la vida por un montón de razones, y excusa que siempre son negativas, pero el suicida las toma con propiedad muy personal. Y desde ese punto en adelante el suicidio queda como un misterio para los dolientes, y las personas ajenas al suicida siempre dirán nadie se meta a dar opiniones por qué esa fue su decisión personal, y a lo mejor estaba loco-a. En si Hermano Candela el suicidio seguirá siendo un misterio entre el hombre y Dios, y el suicida. A menos que este deje una nota explicando el motivo, la razón, el por qué se quitó la vida. Yo solamente puedo decirle lo que se me esté permitido, pero cuando le diga algo siempre ha de ser la verdad, nunca le diré una mentira. Joven Romero yo me siento como que estoy todavía en mi mundo, y no quiero esperar a que me vengan a buscar. Yo les dije bien claro que me arrepiento de todos mis pecados si no me creen eso es problema de ustedes. Bonita vida la mía cuando yo tenía mi cuerpo viajaba para donde me daba la gana. Ahora que soy un espíritu me quieren poner restricciones, y obligaciones que nunca tuve cuando tenía mi cuerpo.

¿Para donde usted va Hermano Candela? Joven Romero quítese de mi camino porque usted no puede obligarme a que me quede en el cementerio. Ya que no puedo tener lo que fue mío, y que lo conseguí con el sudor de mi frente, entonces si me es posible me voy a conocer el resto del mundo que no conozco y no me importa lo que me suceda total en pecado y sin el...mi espíritu tiene vida eterna. Yo sé muy bien joven Romero que usted quiere ayudarme para ganar puntos, y así obtener el perdón de sus pecados. Joven Romero yo Candela no murió en pecado, pero usted si murió en pecado por ser tan cruel con una vida ajena, y con su propia vida. Por lo pronto yo lo considero así. Ya que cuando a mí me llego mi hora yo estaba disfrutando uno de los placeres que nace con el hombre o mujer, y que también lo disfruta el espíritu. Así que quítese de mi camino. Mire usted Hermano Candela que esa mujer vestida de Blanco lo está llamando por su nombre. Usted está equivocado joven Romero, a mí no puede ser si en este cementerio nadie me conoce. Acérquese a ella para que usted vea que es contigo la cosa. Poquito a poquito como PELAITO regañado Don Candela se acercó a la mujer vestida de Blanco que brillaba como Luna Llena. La mujer lo abrazo y lo cubrió con su Manto Blanco, y los dos desaparecieron en el firmamento. Entonces Don Elías se le acercó al joven Romero y le dijo > >. No se ponga triste joven Romero que ya muy pronto le toca a usted. No estoy triste señor enterrador, solamente me digo yo mismo que cuando yo estaba en mi cuerpo nunca comprendí a Dios y ahora que soy espíritu todavía no comprendo sus misterios. Yo llevo más de dos eternidades pidiendo perdón y todavía me encuentro entre dos mundos. Y Don Candela acaba de llegar y ya va hacerle frente al tribunal divino, y yo no. Señor enterrador usted no piense que tengo envidia porque ese es un pensamiento muy negativo. Yo solamente tengo curiosidad de poco conocimiento de Dios y sus mandatos. No puedo explicarme por qué la vida me ha tratado tan fuerte. Tengo entendido que Dios nos pone uno de sus Ángel para que nos ayude, y nos advierta del peligro en el momento preciso antes de cometer pecado, o un crimen tan cruel por el que yo estoy penando. Quizás si yo nunca hubiera existido no tuviera este pecado mortal en mi conciencia. ¿Sera posible que mi Dios, que es el Dios de todos se haya ensañado con mi espíritu? Eso no lo sé. Lo único que sé es que mi espíritu está sufriendo mucho. Y en mi conciencia siento una pena muy grande que algunas veces se vuelve insoportable, o será que a lo mejor esta es la forma que los espíritus sentimos dolor cuando hay algo que nos aqueja o perturba. ¿Y ahora para donde usted va joven Romero? Señor enterrador yo. Un momento joven Romero. Mi nombre es Elías. Mire usted Don Elías yo voy a sentarme en la Capilla porque tengo que leer el libro de la ley, así conoceré un poco más mi espíritu.

CUENTO #4

LA SANTERA

Mire Gringo yo espero que usted ya me tenga un poco de cariño. Oye Pela tráeme otra Cervecita. Y usted no se preocupe por el chofer que yo le tengo otro cuento que yo vi con mis propios ojos. Lo que le voy a decir es que yo fui uno de su protagonista. Y le digo que hay algunas mujeres que le gusta meternos en problema y a mi edad vino hacia mí el espíritu de una mujer que yo enterré hace años. Ya casi eran como las once de la mañana y me causo admiración ver una señora bien vestida, y a una jovencita en pantalones cortos que entraban en la Capilla en el preciso momento en que el Gitano Romero entraba a leer el libro de la ley. Las dos mujeres se sentaron en los bancos del centro, y muy cerca dé el Gitano Romero > >. Por favor madrina no me sigas regañando que yo entiendo todo lo que tú me dices, pero yo tengo que saber quién es mi papá. Porque uno de los dos tiene que ser mi papá. ¡Ya te dije que ninguno de los dos maridos que tenía Barbará, no son tu padre! Y también te he dicho que cuando Felipe mato a tu madre, y Alfonso. Mi esposo y yo te adoptamos. Por favor madrina no hable tan alto que estamos dentro de una Capilla, que va a pensar ese señor de nosotras. Déjate de locuras conmigo porque aquí en la Capilla no hay más nadie solamente estamos tú y yo. Sabes una cosa Caruca, que tú eres tan loca como tu mamá. Ella siempre andaba diciendo y que veía los Santos, y los muertos y en Barrio Abajo ya la llamaban la Santera. Te espero afuera del cementerio por qué este lugar me da miedo y estando a tu lado mucho más. Por favor no te demores en salir del cementerio. No piense que todavía yo tomo licor como ante lo hacía, pero yo como curioso al fin me acerque a la entrada de la Capilla. Parada casi en el aire y en completo silencio se encontraba una señora que me parece que hace varios años que yo la enterré. No piense que me dio miedo al verla, pero si me causo admiración verla vestida toda de color Blanco, y con un pañuelo de color Rojo en su cabeza. La salude y ella me correspondió con una sonrisa. De pronto la señora que entro en la Capilla con la muchacha salió protestando > >. Es igual que la madre, ve cosas donde no las hay, cuando regresemos a Santa Marta la voy a internar en un Colegio privado para ver si se le quita esas cosas que tenía su madre. ¡Y que Santera, válgame Dios! Ella es mi comadre, pero siempre ésta protestando. Pero es una buena mujer y a sabido ser una buena madre para mi hija Caruca. ¿Es su hija la que está allá dentro? Si. La que está sentada al lado del Gitano. Usted es la única persona que no siente miedo al verme. No hace mucho yo fui a visitar a un viejo amigo y el pobrecito se desmayó cuando me vio. Pero es natural que ese señor se haya asustado, de seguro que él la vio en el cajón el día que la enterraron. ¿Usted tampoco se acuerda quién soy? Pues mire que son tantos los muerticos que yo he enterrados que le aseguro que no puedo recordarlos a todos por su nombre. ¡Yo soy Barbarita la Santera! Ya pues mire usted hubiéramos empezado por su nombre. ¿Usted es la cubana que mataron en Barrio Abajo, junto a su esposo?

Él no era mi esposo, solamente mi amante. ¿Perdón entonces fue su esposo quien los mato? Usted sigue equivocado yo nunca tuve esposo oficialmente. ¿Entonces quién era el hombre que los mato? Él era amigo de mí amante

Alfonso. O sea que él también era su amigo amante. No. Él nunca fue mi amigo, lo que sucedió que yo me acosté con él dos veces porque el pobre me daba lastima como me rogaba, y me pedía que tuviera sexo con él. ¿Y usted por lastima lo hiso y se acostó con él? Si. Pero la tercera vez que me lo pidió le dije que no porque él como hombre no me gustaba. Se enojó tanto conmigo que me reclamo que él tenía tanto derecho como Alfonso de acostarse conmigo, y que si yo lo rechazaba él sería capaz de matarme. La verdad señor enterrador que yo no le puse caso a su amenaza. ¿Y Alfonso que te dijo referente a eso? Como Felipe era su amigo tampoco tomo en cuenta su amenaza ya que siempre los dos tiraban una moneda al aire para ver quien ganaba y se acostaba conmigo. Pero Alfonso siempre ganaba porque le hacía trampa ya que Felipe era corto de vista. Pero ya usted pudo ver señor enterrador lo que sucedió el día de la Guacherna (principio de Carnaval) Alfonso y yo estábamos disfrutando la Guacherna y se presentó Felipe con un Revolver, y sin decirnos nada nos mató como si fuéramos perros callejeros. ¿Y qué sucedió con Felipe? El pobre salió huyendo y se escondió en la zona de la Sierra Nevada, y nunca más supieron de él. Pero se me está raro que yo nunca los hubiera visto a los dos ambulando en el cementerio. Es que Alfonso y yo ya perdonamos a Felipe, y últimamente siempre estamos al lado de su cama porque tiempo después él contrajo SIDA. Y le cuento señor enterrador que ya vimos al Ángel de la Muerte, rondando su choza esperando que Felipe use su último suspiro. ¡Por favor Santera no lo diga tan dramático, mire que todavía yo estoy vivo! Perdone usted señor enterrador, pero eso es lo que le sucede a todo cuerpo que tiene una muerte natural, cuando el espíritu dice ya, todo deja de funcionar dentro del cuerpo, pero siempre queda un poquito de oxígeno que es como la última esperanza del cuerpo para seguir viviendo. Mire usted Santera mejor conversamos de otro tema que no sea la muerte suya ni de nadie. Pero señor enterrador hay tantos problemas en el mundo que cuando hablamos de ellos siempre su punto final es la muerte, pero no se preocupe que ya puedo ver que a usted no le gusta hablar de ese tema. ¿Dígame señor enterrador porque usted puede verme y otros no, aunque quieran verme? Mi querida Santera yo la puedo ver porque el Espíritu Superior le da a cada ser humano un Don de espíritu. Y el Espíritu Superior me dio ese Don de poder hablar, y ver a los espíritus. Nada más. ¿Ahora dígame porque usted está aquí en el cementerio, y donde está su Amante? Es que Alfonso se quedó haciéndole compañía al pobre Felipe, y yo vine a ver a mi hija Caruca. Según pude oír a su comadre decir ustedes tienen problemas de familia. Si. Es que mi hija Caruca es terca como una Burra.

Cuando se le mete algo en la mente hasta que ve el final es que termina. Imagínese señor enterrador que a estas alturas quiere saber quién es su verdadero padre biológico. ¿Pero Santera porque usted no se lo ha dicho? Es que yo no estoy segura quien es su verdadero padre por qué yo me he acostado con otros hombres aparte de Alfonso, y Felipe. Usted no me mire así señor enterrador que yo soy una Santera muy decenté, y respetada en Barrio Abajo, y nunca me he prostituido. Y todas las veces que lo hice fue por Amor al sexo, y nunca vendí mi cuerpo. ¿Y su hija sabe toda su historia? Si la sabe porque Caruca es muy inteligente como yo. Imagínese lo que le pidió a Dios. Que mi espíritu no pueda elevarse a su Santa Gloria hasta que ella sepa quién es su papá. Y yo creo que Dios le ha concedido su petición. ¿Ahora dígame usted como ella va a saber quién es su papá si yo fui quién la parió, y no me acuerdo quién la engendró? Entonces su hija Caruca es un producto del Carnaval de Barranquilla. No le permito que usted me hable en ese tono, por qué en ese Carnaval yo no fui la única pela que quedo preñada. Hubo un montón de pelas que se hicieron el aborto y yo no las critico hicieron bien, sin embargó yo decidí que mi hija viviera, y mire usted el pago que recibo de Caruca. Mire usted Santera, usted no puede juzgar a su hija tan duramente. Ella tiene el sublime derecho de conocer a su verdadero papá. Yo como hombre, y ser humano que soy reconozco sus razones, pero en fin no había forma de que usted supiera que uno de los muchos amantes que usted tuvo viniera aquel día de Carnaval y la matara privándole a su hija Caruca el derecho de criarse a su lado. ¿Entonces Santera, su hija Caruca ya sabe que ella es hija del Carnaval de Barranquilla? Si. Y cuando se acuerda eso la pone muy triste. Mire Santera saque cuenta primero el día que su doctor te dijo cuantas semanas tenías de embarazo, y en los últimos dos meses antes que tú empezarás a sentir el embarazo, escribe los nombres de todos los hombres que pasaron por tu cuerpo. Y cada vez que tengas un nombre me lo das a mí y yo se lo digo a tu hija, y buscamos el parentesco entre ella y ese hombre. Señor enterrador usted lo pone muy fácil en esa forma. ¿Y si el verdadero padre se entera que Caruca lo anda buscando, y se cree que si Caruca lo encuentra entonces tiene que mantenerla? Y ya usted conoce el Barranquillero, que para mantener es muy flojo, y también muy escurridizo. Mire Santera, a buena honra soy Barranquillero, y si su hija Caruca fuese mi hija téngalo por seguro que no tendría que buscarme. ¡cubana resbalosa! Yo puedo oír todo lo que usted piensa de mí. Eso yo lo sé y no me importa. Señor enterrador la verdad que usted se ha olvidado de mi por completo, pero yo si me acuerdo de usted porque yo frecuentaba El Último Suspiro. Y en ese Estadero nos conocimos. Mire Cubanita o Santera como la llamen, pero la verdad es que en mi masa gris no está su foto. Bueno señor enterrador a todo lo contrario de lo que usted profesa mi conciencia guarda dulces recuerdo de usted y yo en el Último Suspiro.

Mire Santera. Si usted pretende echarme a mí… su hijita, le aseguro que su espíritu está mirando al tipo equivocado, porque para que a mí me coja una mujer en forma desprevenida, tengo que estar muy borracho. ¡Esa noche estaba usted así, muy borrachito! Mire Santera lo mejor que usted puede hacer es conseguir el perdón de su hija, y lárguese de este cementerio. Mire señor enterrador no se me ponga complicado que yo nunca he dicho que Caruca es su hija. Ha sido usted que con sus arrebatos que lo menciono y usted me ha dejado pensando si esas noches de Carnaval cuando yo caí en estado biológico, y que yo también muchas veces frecuentaba El Último Suspiro y lo más bonito de todo que en ese año yo no andaba con Alfonso, y tampoco con Felipe. Pare ya, que sabe Dios con cuántos hombres andaba usted gozando el Carnaval. Si. Y uno de ellos fue usted señor enterrador. Pues mire usted señora Santera, que yo no me acuerdo del último placer tenido con la luz apagada. Pero señor enterrador por lo menos reconozca que donde usted me conoció por primera vez fue en el Estadero el Último Suspiro. Cuadro la verdad que con este espíritu jodido me está dando la vuelta completa, y no sé cómo zafarme de ella. No se le olvide enterrador que yo tengo el poder para oír lo que está pensando. Y ya le dije que no me importa. Señora Santera, supongamos que en ese Estadero yo la conocí, pero eso no prueba nada...porque nada hubo entre usted y yo. Nada que usted recuerde señor enterrador porque estaba borrachito, pero si se acuerda que usted me conoció en ese Estadero. Yo nunca he dicho que la conocí en ese Estadero, pero le aseguro que si la vi por primera vez muerta en el cajón y después le eché la tierra arriba. Como es posible que después de muerta venga usted a reclamarme algo que yo no disfrute porque nunca sucedió. Don Elías, Don Elías por favor que está usted discutiendo solo. Perdóneme usted Gitano, pero es que estaba discutiendo con el espíritu de la mamá de esta señorita que lo acompaña. ¿Usted vio a mi mamá? Si. Pero mi nombre es Don Elías para servirle a usted joven señorita. Yo vi el espíritu de su mamá, pero no me pregunte nada referente a ella. ¿Don Elías que fue lo que sucedió? Mire usted Gitano, la mamá o mejor dicho el espíritu de la Santera me ha dicho que yo soy el padre de esta jovencita lo cual no es cierto. Porque yo no me acuerdo de haber disfrutado alguna intimidad con la Santera, o la cubana como quieran llamarla. Sepa usted Don Elías que yo solamente regrese para presentarle a la señorita Caruca, pero ya puedo ver que usted se encuentra muy agitado. Perdóneme usted señorita Caruca, pero su difunta madre me puso de mal genio. ¿Dígame Caruca porque es tan importante para usted conocer a su verdadero papá? Por favor señor Elías, que hijo-a no quiere saber quiénes son sus padres. Mire Caruca yo puedo ver que es ahora que usted está empezando a vivir su vida, dese una oportunidad para conocer este mundo en el que está viviendo. ¿Qué usted me quiere decir con eso? Que este mundo no es como usted se lo imagina.

Mire señor Elías a usted yo no lo conozco, tampoco me acuerdo mucho de mi mamá, ya que a ella la mataron cuando yo era una niña, Pero al Colegio que yo voy todas las pelas tienen papá y mamá. Y yo soy una de ellas que no tengo nada porque un hombre cruel y sin Corazón mato a mi mamá dejándome huérfana a temprana edad. ¿Ahora dígame usted si es justo vivir en este mundo sin papá y sin mamá? No. No es justo. Usted Caruca en eso tiene la razón. ¿Pero señor Elías usted conocía a mi mamá? Mire Caruca yo conocía a la Santera, pero distante uno del otro y ella y yo hablamos muy pocas veces ¿Pero mi mamá era así como yo? La Santera era una cubana muy hermosa, y todos en Barrio Abajo la conocían y la querían mucho porque ella tenía una forma de ser muy especial para tratar a la gente y aunque era Santera sabia como ganarse el cariño del buen Barranquillero. ¿Y usted señor Elías la quería mucho? Si. Pero de lejos. Y el día que ella murió. ¡Que la mataron! Si como tú dices Caruca, ese día la mataron y todo Barrio Abajo lloro su muerte, y a mí me tocó la parte más sufrida enterrarla. Pero fíjese usted que parece que no la enterré tan profundo miren en el problema que me ha metido su espíritu > >. Señor Elías se ha quedado en silencio como pensando. No tenga pendiente es mi edad. Pero dígame usted Caruca. Me parece que usted no tiene miedo a los espíritus. Porque el Gitano Romero hace años que murió. ¿Y por qué tengo que tenerle miedo si mi mamá era Santera, y trabajaba con Santos y muertos? Mire usted señor Elías yo quiero ser Santera igual que mi mamá. Pero hija no siempre uno puede ser lo que deseamos. En esta vida todo depende de las pruebas que Dios te ponga, y de las obras que tu logres hacer con el esfuerzo de la inteligencia de tu espíritu. Mire si yo no puedo ser Santera como usted dice cómo es que yo puedo hablar con el señor Romero del Huerto, y también con otros espíritus que yo puedo ver. Señorita Caruca a lo mejor puede ser que ese sea el regalo que el Espíritu Superior premio a tu mamá por su buen comportamiento de parirte, y no matarte. Porque si tu mamá hubiese decidido hacerse un aborto, tu no estuvieras aquí sin embargo estas aquí hija. Señor Elías esta es la segunda vez que usted me llama hija. ¿Es que acaso usted es mi verdadero padre? ¡¡No!! No Caruca. Lo que pasa es que me he portado contigo muy modesto para no herir tus sentimientos, pero a la Santera yo solamente la conocía de lejos. Señor Elías a lo mejor usted no se ha dado cuenta, pero cada vez que usted me habla lo hace con un tono muy desesperado como si quisiera ocultarme algo que yo no sé. Señorita Caruca yo le juro que no le estoy ocultando nada. Y con toda mi Alma le deseo que usted encuentre a su verdadero padre porque ese hombre yo no soy. Así que usted tiene una tarea muy difícil de resolver. Imagínese que ni el propio espíritu de la Santera no sabe quién es su papá, y a usted no le queda más remedio que preguntárselo a un espíritu de la luz. Puede que usted tenga razón y a lo mejor si usted no es mi papá, a menos que no quiera reconocerse como tal que es

O a menos que usted no quiere reconocerme como su hija biológica, como otros ya lo han hecho y se han negado rotundamente. Mire usted es que acaso hoy yo he empezado a pagar por todos mis pecados, y también por los que no son míos > >. ¿Señor Elías me está usted poniendo atención, dígame si en este cementerio usted conoce algún espíritu de luz que yo pueda pedirle que me ayude a encontrar a mi papá? Pero Caruca si aquí está el Gitano Romero del Huerto que puede complacerte en tu petición. Un momento Don Elías, que yo Romero del Huerto solamente está en el cementerio para ayudar a las Almas perdidas que llegan aquí en este cementerio. Y la señorita no es ningún espíritu perdido.

Apenas está empezando a vivir su vida. Ve usted señor Elías, tampoco este espíritu quiere ayudarme a encontrar a mi papá. A lo mejor si yo estuviera muerta lo encontraba enseguida. Por favor señorita Caruca, no hable usted en esa forma tan negativa mire que las fuerzas del mal corren enseguida al lado de toda persona que hable así. ¿Entonces usted Gitano, sí o no me va ayudar a encontrar a mi papá? Como espíritu de guía que soy, yo no le puedo prometer nada. Lo único que yo puedo hacer es hablar con el espíritu de la santera, pero nada más. Pues señor Gitano usted tiene que apurarse antes que mi madrina regrese y me lleve para Santa Marta. ¡Pero que niña más atrevida, y rebelde le gusta dar órdenes! Usted espéreme aquí al lado de Don Elías. Mire Santera, no trate usted de evadirme que tenemos que hablar algo referente a la petición que formalmente ya su hija varias veces le ha pedido al Espíritu Superior. Mire señor del Huerto, yo no tengo nada que decir. Por Dios, Santera no siga insistiendo en lo mismo que ya su hija tiene dieciséis años de edad. Y a ustedes hace quince años que los mataron y los enterraron aquí en este cementerio. Y usted todavía se niega decirle la verdad a su hija Caruca. ¿Es que su espíritu no siente nada al ver como su hija sufre por la ausencia de usted, y también por no saber quién es su papá? Yo quiero que mi hija sepa quién es su papá cuando ella sea mayor de edad, y sea una Santera mejor que yo. Mire usted Barbará, su hija nunca va ser una Santera, porque tan pronto su hija sepa quién es su verdadero papá la vida de ella va a cambiar para lo que Dios quiere. Y yo le aseguro que su hija Caruca tiene algunos dones espirituales, pero de Santera, o espiritista ninguno. Y yo le digo señor del Huerto que mi hija tiene que ser Santera. Usted no puede ir en contra de los designios de Dios que tiene mejores cosas para su hija. ¿O es que usted no se ha dado cuenta que la única verdad que hasta ahora usted ha dicho en su favor es que usted nunca vendió su cuerpo, y escogió parir a su hija? Pero usted Santera si sigue negándose en decirle la verdad a su hija, su espíritu se puede pasar una eternidad en este cementerio. Y hasta su hija se va olvidar de usted porque la resignación es lo último que le llega al ser humano. Y yo estoy seguro que usted no quiere que su hija Caruca se olvide de usted ahora que Caruca está orgullosa de ser la hija de la Santera, porque así se lo gritan en Barrio Abajo.

Está bien señor del Huerto. Quizás usted tenga razón, yo le voy a decir a Caruca quien es su papá. Espere un momento Santera. ¿Dígame señor del Huerto que es lo que usted quiere ahora? Ya le dije que le voy a decir a mi hija toda la verdad. Santera usted no puede dejarse ver de su hija. El Amor divino que le tiene su hija está gravado en el sub consciente de ella, y si ella llega a conocerla tal como es usted, no se le olvide su hija tiene derecho a cambiar de opinión. ¿Entonces mi hija nunca me va a conocer tal como soy? Para mí esto es como un castigo que me quieren imponer. Eso que usted piensa no es cierto porque su hija ahora la quiere con mucho Amor, y se encuentra orgullosa de ser la hija de la Santera, pero si tú te presentas tal como eres y le dices toda tu vida ya vivida cuando tú tenías tu cuerpo ella podría pensar que su mamá era una mujer fácil de conquistar, y que te acostabas con el primero que te endulzaba el oído. Sin embargó ahora ella te tiene en un pedestal, y te adora por todas las cosas buenas que en Barrio Abajo han hablado de ti. Y si ha oído alguna mala las ha desechado porque no le interesa oírlas por qué ella quiere mucho a su mamá tal como se la han pintado los barranquilleros. Gitano del Huerto porque siempre ustedes los espíritus de luz nos complican todo lo que tenemos pensado hacer por nuestra cuenta y siempre tenemos que cambiar nuestros planes. Santera esto siempre sucede porque nosotros los espíritus de luz hablamos y decimos la verdad, y nunca tratamos de ocultar la mentira que algunas veces dicen ustedes. ¿Entonces usted le va a decir a Caruca quien es su papá? Yo nunca se lo digo, aunque lo sepa. Ya que no se me está permitido decirlo. Primero usted me lo dice, y por mandato del Espíritu Superior, yo se lo hago saber a Don Elías, lo que suceda después no está al alcance de usted, ni mío tampoco. Nosotros solamente pasaremos a ser meros observadores y Dios libre aquel que se meta en la decisión que en su pleno albedrio su hija Caruca tome como tal. Mire Gitano del Huerto yo le voy a decir la verdad de todo lo que me sucedió sin ocultar alguna mentira. Todo esto sucedió casi como dos años antes que Felipe nos matara. Yo conocí Alfonso y a Felipe, los dos eran muy buenos amigos, pero yo comencé a tener sexo primero con Felipe sin que Alfonso lo supiera, pero un día Alfonso y yo nos estábamos besando y Felipe nos vio. La próxima vez que yo fui a ver a Felipe el me reclamo sus derechos de hombre, y de Amante, y se puso tan enojado que me propino soberana paliza. Ese día yo le juré que nunca más seria de él, pero yo seguí viviendo con Alonso y a las pocas semanas me sentí que estaba embarazada. Para esos tiempos ya se oían los primeros tambores del próximo Carnaval. Alfonso y yo disfrutamos ese Carnaval y después mi barriga empezó a crecer. Y yo le dije Alfonso que yo no quería hacerme ningún aborto porque para mí eso era un pecado mortal y que yo lo iba a parir. Entonces Alfonso me dijo su verdad. De que ese hijo no era de él porque él es estéril y no podía preñar ninguna mujer. Como él fue sincero conmigo yo le dije que ese hijo era de Felipe.

Pero como Felipe me había tratado tan violentamente yo no quise que él supiera que este hijo era de él. Alfonso estuvo de acuerdo conmigo y se puso muy contento. Pero Felipe cada vez que frecuentaba una fiesta en Barrio Abajo, pregonaba que nos iba a matar por qué lo habíamos traicionado. Un día se lo dijo Alfonso en su propia cara que se cuidara porque la Santera era de él, o si no me mataba. Nosotros no le hicimos caso y a los ocho meses antes que empezara el próximo Carnaval yo tuve a mi hija Caruca, por cesaría. Y tres semanas después el día de la guacherna estábamos Alfonso y yo bailando, y se apareció Felipe con un Revolver y nos mató. Felipe salió huyendo hacia la Sierra Nevada, y la policía nunca lo encontró. Todo sucedió tan rápido que cuando nos dimos cuenta Alfonso y yo estábamos parado frente a la Catedral de San Nicolás, entonces se nos acercó un hombre gordo que estaba vestido de Blanco y nos dijo que nosotros todavía no podíamos entrar a la Iglesia, y nos trajo a este cementerio porque otra persona nos había matado. Después supimos que ese era el Ángel de la muerte, aún que él no mata a nadie, pero ese es el nombre que los seres humanos le han puesto. No lo niego que al principio deseamos vengarnos de Felipe, pero según fue creciendo mi hija Caruca, y su terco deseo de conocer a su verdadero padre hiso que Alfonso y yo cambiamos de pensamiento y tan pronto como averiguamos que Felipe estaba en su cama padeciendo una enfermedad terminal qué ha azotado la raza humana y que a su cuerpo le quedaba poco tiempo de vida. Alfonso y yo decidimos ir a la Sierra Nevada en ese pueblito donde él se encuentra le dijimos que nosotros lo perdonamos. ¿Y el que les contesto? Cuando nos vio sintió miedo, pero después que yo le dije que él es el verdadero padre de Caruca se puso muy contento y nos dijo que diez minutos después de matarnos tiro el Revolver a la basura y se puso a gritar como un loco. ¿Qué es lo que yo he hecho Dios mío que he matado a la mujer que Amo, y a mi mejor amigo? y me dijo que desde ese momento nunca más fue feliz. Que busco entre las mujeres de vida alegre el olvido, pero no pudo lograrlo porque lo sucedido había quedado grabado en su sub consciente con letras de sangre. Pues Gitano del Huerto, ahora Felipe se está muriendo de SIDA. Santera su amigo Felipe ya murió. ¿Qué ya murió y cuando fue eso, y porque no está aquí entre nosotros? El Ángel de Dios no ha traído su espíritu, por qué el Espíritu Superior estaba esperando su confesión. Mire ahora le toca usted irse. Ponga atención que ya la están esperando para llevarla al Tribunal Divino. Pero Gitano del Huerto yo no puedo irme sin Alfonso, y Felipe. Santera no tenga pendiente de ellos, que el Espíritu Superior ya los tiene en su lugar. ¿Y qué va a suceder con mi hija Caruca? Santera puede irse tranquila que su hija tiene una vida aparte que vivir lejos de ustedes tres. ¡Apúrese mire que la están esperando! Tranquilamente y a pasos cortos la Santera se acercó al circuló brillante donde dos hombres la esperaban y el Pañuelo color Rojo que llevaba en su cabeza suavemente se desprendió de sus cabellos cayendo en la tierra.

Y enseguida uno de los dos hombres la cubrió con un manto Blanco, y todos desaparecieron ante la mirada triste y a la vez feliz, del Gitano Romero del Huerto. ¿Don Elías donde está la joven Caruca? Mire usted Gitano, yo no soy el guardián de esa señorita, pero está rezando en la Capilla pues Don Elías le diré que he recibido órdenes de decirle a usted que el verdadero padre de la señorita Caruca es el señor Felipe que hace poco acaba de morir en un pueblito de la Sierra Nevada, como nadie reclamo su cuerpo y debido a la enfermedad que padecía, el alcalde, y el funerario del pueblo lo incineraron y tiene sus cenizas guardadas en la única Funeraria del pueblo. Pero Gitano Romero, usted ahora no puede desaparecer y dejarme todo este problema a mí. Usted no puede darme órdenes. Y dígale a su jefe ese Espíritu Superior que a mí no puede tratarme en tal forma, que todavía yo estoy vivo, y que a mí nadie me ha enterrado. ¿Oiga y usted quien es, y de dónde salió? Es primera vez que yo lo veo aquí en el cementerio. Mire usted mi nombre es Felipe, y un señor vestido de Blanco me trajo aquí con suerte. ¿Y porque usted dice con suerte? Porque este señor me ha estado regañando por todo el camino, por cosas que no conozco ni la debo. ¿Por casualidad este señor se llama Don Gaby? Así me dijo que se llama ese viejo fregón. Le advierto qué si usted persiste en hablar mal de mí llave Don Gaby, le puede ir muy mal en este cementerio. Ahora se está tranquilo y vamos a ver qué tal de feliz se pone su hija Caruca cuando yo le diga que usted es su papá Biológico. Yo estoy seguro que si mi llave Don Gaby lo trajo para el cementerio es porque hay algo muy interesante que su espíritu tiene que saber. ¿Ya regreso Romero del Huerto? Si señorita Caruca, y me dijo que su verdadero papá es el señor Felipe. ¡¡¡Esta usted loco!!! Usted de seguro escucho mal. Ese hombre fue quien la mato. Señorita Caruca su mamá tuvo relaciones sexuales con Felipe antes de tenerla con Alfonso. Y el señor Felipe lo más probable que por celos en un momento de rabia los mato. No señor Elías esa no es una excusa para que un padre se sienta con derecho de terminar la vida de la madre de su hija, y dejarla huérfana como yo quede solamente al amparo de mi madrina. Ese hombre que usted menciona que es mi padre nunca podrá vivir tranquilo en este mundo, tampoco en el otro porque yo siempre lo voy a señalar con un dedo y le voy a gritar mal padre naciste, y criminal eres por ser egoísta, mataste a mi madre, y no te importo que yo quedará huérfana en este mundo. Señorita Caruca su papá el señor Felipe acaba de morir, y sus cenizas están guardadas en una Funeraria en la Sierra Nevada. Señor Elías si usted piensa que yo me voy a molestar en recoger las cenizas del hombre que me engendro, y después se dio el gusto de embarrarse su Alma con la sangre de mi madre. Pues usted señor Elías se equivocó. Lo que es por mi ese funerario puede tirar las cenizas de ese hombre en el primer Caño (aguas negras) que encuentre, y si de mí perdón depende su salvación que lo tiren al infierno,

Porque yo siempre voy a decir que ese hombre es un criminal, déspota, que me privo de la gracia de conocer a mi madre. La Santera como siempre la llaman todos los que la querían y la respetaban en Barrio Abajo. Adiós señor Elías, le deseo que usted viva bien y con mucha fortuna. Según salía la joven Caruca del cementerio, poco a poco fueron apareciendo las imágenes de los espíritus del Gitano Romero del Huerto, y la del señor Felipe. ¿Pero cómo mi hija puede hablar así de su padre que no conoce? Porque su hija es una Rebelde que quiere conquistar el mundo. Pero señor Felipe le digo que en parte la salvación de su Alma depende mucho de que usted convenza que su hija lo perdone. Usted deje que el tiempo de ella corra y se acorte, y que Caruca viva la vida que le corresponde vivir nosotros aquí en el cementerio estamos entre dos mundos. Aquí está su amigo Alfonso entre los dos tienen una eternidad para convencer a Caruca por su perdón. Todavía es de día, aunque nosotros no medimos el tiempo porque no tenemos cuerpo para sentirnos cansados, pero aquí hay que respetar la ley, así que esperen que caiga la noche para poder salir y regresar. La imagen del señor Felipe y de su amigo Alfonso fueron desapareciendo poco a poco, y el Gitano Romero del Huerto, y yo nos acercamos al portón de la entrada cuando aconteció que algo que yo nunca me imaginé que cosas así pudieran pasar en este mundo. Naturalmente que en Barranquilla todo puede suceder durante el día, por la noche es otra historia que siempre hablamos el próximo día entre familia, y sucedió que el administrador del cementerio me dijo que ya tenía mi remplazo y que yo podía cobrar mi pensión todos los meses. ¿Y usted Don Elías que le dijo? Yo me puse muy enojado porque el hombre que me está remplazando como enterrador yo lo conozco muy bien que es muy enamorado. ¿Y eso que tiene que ver con los difuntos? Nada. Con los difuntos no hay problemas, pero con las dolientes que entren en el cementerio, Porfirio el nuevo enterrador las va enamorar a todas. ¿Pero el señor Porfirio no ha matado a ninguna que usted sepa? Pero es peor que si las matara, porque el joven Porfirio sabe cómo hacerlas sufrir de Amor antes de esclavizarlas en su Apartamento que es como un harem. Cuadro mi Gringo, no me queda otra que irme.

EL ENTERRADOR DEL BARRIÓ LUCERO SABÍA MUY BIEN QUE LOS ENTERRABA MUERTOS,

PERO UNA TARDE FUE AL ESTADERO DE NOMBRE "EL ÚLTIMO SUSPIRO"

SE TOMÓ DOS TRAGOS DE AGUARDIENTE Y UNA CERVEZA PARA REFRESCAR EL ESTÓMAGO

ENSEGUIDA REGRESÓ AL CEMENTERIO Y SE SENTO DEBAJO DE UN VIEJO ARBOL DE LAUREL,

ENTONCES CON MUCHO ASOMBRÓ PUDO OÍR Y VER A LA SEÑORITA LUCÍA Y A DON GABY

DISCUTIENDO SUS DERECHOS DENTRO DEL CEMENTERIO.

PERO EL VIEJO ENTERRADOR MUY ASOMBRADO SE DIJO DE LO QUE ESTABA VIENDO Y EXCLAMA.

¡CARAMBA NO HACE MUCHO TIEMPO QUE YO ENTERRÉ A ESTOS DOS MUERTOS!

Autor. BIENVENIDO PONCE
        NENITO

Printed in the United States
by Baker & Taylor Publisher Services